JN323488

まだなにかある

MORE THAN THIS

by Patrick Ness
translation by Ritsuko Sanbe

上

パトリック・ネス
三辺律子＝訳

辰巳出版

MORE THAN THIS
by Patrick Ness

Copyright © 2013 by Patrick Ness

Japanese translation rights arranged with Cry Havoc Ltd c/o Michelle Kass Associates through Japan UNI Agency.,Tokyo.

"Borrowing Time" written by Aimee Mann, published by Aimee Mann, sub-published by Fintage Publishing B.V. All rights Reserved

"More Than This" words and music by Peter Gabriel
© Copyright by Real World Music Ltd.
The rights for Japan licensed to EMI Music Publishing Japan Ltd.

イラストレーション
大槻香奈
ブックデザイン
鈴木成一デザイン室

フィル・ロダックに捧げる

鏡にむかってたずねる
ああ、これ以上はっきりした答えはない
――エイミー・マン

未来ほどすぐに消えるものはなく
過去のようにまとわりつくものはない
――ピーター・ガブリエル

目次

まだなにかある

上

少年が溺《おぼ》れている。

最後の瞬間に彼の命を奪うのは、水ではない。寒さだ。寒さがからだのエネルギーを奪い、筋肉を痛みで使い物にならなくする。必死でもがくが、海面に顔を出していることはできない。少年は強く、若く、もうすぐ十七歳だが、真冬の波はひっきりなしに押し寄せ、しかも、どんどん大きくなっていく。少年は木の葉のように翻弄《ほんろう》され、何度も回転し、下へ下へと波に押しこまれていく。なんとか海面に顔を出し、わずか数秒ほど空気を吸いこむ。だが、震えがひどく、肺の半分も満たないうちにまた水中へ引きもどされる。とても足りない。しかも、回数を重ねるごとに吸いこむ量は減り、胸は苦痛にあえぎ、もっともっとと求めるが、満たされはしない。

いまや、完全にパニックを起こしていた。岸に泳いでもどれる距離は、わずかだが超えてしまった。氷のように冷たい潮流に沖へ沖へと引きずられていく。その先は危険な岩礁《がんしょう》だ。少年にはわかっていた。彼がいなくなったのに気づく者がいたとしても、手遅れだと。だれかが警報を発したとしても、そのときには海に呑みこまれているだろう。偶然、助けられる可能性もない。海岸をぶらぶらして漂着物を拾っているような連中や観光客はこの季節にはいないし、凍えるような寒さの中、彼を助けるために海に飛びこむ者などいやしない。

もう手遅れだ。

彼は死ぬ。

ひとりで死ぬのだ。

ふいにそう気づいて恐怖にあえぎ、よけいにパニックがひどくなる。なんとかもう一度海面に顔を出そうとする。これが最後になるかもしれないとは、いや、なにひとつ考えないようにして、無理やり足を動かし、腕で水をかいて、浮かびあがろうとする。せめて頭を上にしようと、わずか数センチ上にある空気を吸いこもうと——

だが、潮の流れは強い。あともう少しで海面というところで、いきなりまたひっくり返され、岩のほうへ引きずりこまれる。

波にもてあそばれながら、もう一度試みる。

だが、届かない。

そして海は唐突に、これまで遊んでいたゲームを、彼をぎりぎりまで生かし、ひょっとしたら勝てるかもしれないと思わせる残酷なゲームを、終わりにする。

波が一気に押し寄せ、少年は硬い岩にたたきつけられる。右の肩甲骨《けんこうこつ》が真っ二つに折れるボキッという音が、水中、しかもこの激しい潮流の中で、はっきり聞こえる。容赦ない痛みに思わず悲鳴をあげるが、たちまち凍るような塩水が口の中に入ってくる。咳《せ》きこんだとたん、今度は肺まで水が入りこむ。肩の強烈な痛みにからだを折り曲げる。視界がかすみ、四肢が麻痺《まひ》する。もはや泳ごうとすることもできず、波に抗《あらが》えぬまま、またもやひっくり返される。

〝助けて〟それしか考えることができない。そのひと言だけが、頭の中で響く。

〝助けて〟

そしてとうとう、波は最後にもう一度少年を捕らえる。勢いをつけるかのようにぐっとうしろへ引き、少年を頭から岩に向かって投げつける。怒りくるった海に力任せにたたきつけられ、少年は頭をかばうことすらできない。

ぶつけたのは、左耳のすぐうしろだった。頭がい骨が粉々になって、かけらが脳に刺さる。衝撃で第三頸椎《けいつい》と第四頸椎まで砕け、大脳動脈と脊髄《せきずい》が切断される。もう元へはもどれない、回復不可能な損傷。可能性はゼロ。

少年は死んだ。

第一部

第一章

死んでしばらくは、すべてがかすんで重苦しく、混乱したまま過ぎていった。痛みはぼんやりと感じていたが、それよりとてつもない疲労感のほうが勝り、ありえないほど重い毛布を上から何枚もかけられているようだった。やみくもにもがくと、目に見えないロープで縛られているように感じ、（またもや）パニックを起こして、ますます暴れまわった。

頭には霧がかかっていた。高熱のときのようにぐるぐる回って脈打ち、なにかを考えているという自覚すらない。もっと原始的な、死を予感する本能に近い。これから起こることへの、そしてすでに起こったことに対する恐怖だった。

自分の死に対する恐怖。

まるでまだ、死に抗い、死から逃れることができるかのように。

自分が動いているような、ぼんやりとした感覚すらある。からだはなお、とうに負けたはずの波との戦いを続けているような気がする。ふいにものすごい勢いで恐怖がせりあがってきて、突き動かされるように前へ出た。前へ、さらに前へ。どういうわけか肉体から自由になったようだ。闇《やみ》の中でやみくもに暴れても、もう肩は痛くない。なにも感じられなくなったみたいだ。ただひとつ、動かなければという焦《あせ》りのほかは。

すると、顔にひんやりとした感触があった。そよ風のようだが、それはありえないし、ありえない理由はやまほどある。だが、そのおかげで、熱に浮かされたようにぐるぐる回っていた彼の意識――魂？　精神？　わかるわけがない――はいったん止まった。

そして、彼は立ち止まった。

目の前の暗闇が少し変化している。明るさ。入っていけそうな光がある。自分がそちらのほうへ身を乗り出すのが――弱々しくなにもできないに等しい肉体が、どんどん強くなる光のほうへ向かおうとするのが――わかった。

そして、倒れた。固いものの上に。冷気が立ちのぼっている。彼は冷気に身を沈め、包まれるがままに任せた。

彼は、そのまま動かなかった。戦いを諦めたのだ。そして忘却に身をゆだねた。

忘却は灰色の煉獄《れんごく》のようだった。彼は、ある程度意識はあり、眠ってはいないが、目覚めているともいえず、あらゆるものから切り離され、動いたり考えたり情報を受け取ったりすることもできずに、ただ存在していた。

信じられないような長い時間が、日々が、年月が、もしかしたら永遠の時が流れたとしても、知りえる方法はなかった。ついに、遠くのほうで光がゆっくりと、ほとんどわからないほどわずかに変わりはじめた。灰色が膨らんで色が薄くなり、彼は意識を取りもどしはじめた。

最初に頭に浮かんだのは――はっきりわかったというより、ぼんやりと感じただけだが――コンクリートに押しつけられているようだ、ということだった。からだの下がひんやりとする。それに、しっかりと頑丈な感じだ。必死でしがみついていないと、宇宙へ飛んでいってしまうような気がする。そんな考えのまわりをさまよっているうちに、どのくらいかもわからない時間がたち、徐々に考えがはっきりしてきて、肉体に結びつき、さらにほかの考えともつながっていって――

いきなり〝死体安置所〟という言葉が意識の奥深くで閃《ひらめ》いた。こんなに冷たくて固いコンクリートの上に横たわることなんて、ほかの場所ではありえない。恐怖がこみあげ、ぱっと目を開いた。それで、これまで目を閉じていたことに気づく。おれを埋めないでくれとさけぼうとする。からだを切り刻まないでくれ、なにかおそろしい誤解があったんだ！　だが、のどは何年も使っていなかったかのように言葉を形づくろうとしない。彼はごほごほと咳きこみながらからだを起こした。何層もの汚れたガラスを通して世界を見ているように、視界が濁《にご》ってぼやけている。何度かまばたきをして、よく見ようとする。周囲のぼんやりとした影が、ゆっくりと形を成しはじめる。死体安置所の冷たいコンクリートの上にいるわけではないようだ。

ここは――

ここは――

どこだ？

混乱した頭で、痛む目を細め、朝の太陽のようなものを見あげる。まわりを眺め、頭の中に取りこんで、見て、理解しようとする。

どうやらどこかの家の前庭にある、コンクリートの小道の上に横たわっているようだ。小道は、外の通りからうしろにある家の玄関まで続いている。

家は、彼の家ではない。

それに、おかしいのは、それだけではなかった。

*

しばらくゼイゼイと、ほとんどあえぐように息をしていた。意識はもうろうとしていたが、視界が少しずつはっきりしてきた。寒さで震えているのに気づいて、からだに腕をまわすと、やはり濡れている——

が、服ではない。

はっとして下を見る。脳の指示に、からだの反応が遅れる。もう一度目を細めて、はっきり見ようとする。とても服には見えない。シャツとかズボンとは呼べそうにない。ただの細長い白い布が、衣服というよりは包帯のようにぴったりからだに巻きつけてある。からだの片側は海水のせいで濡れ——

彼はまたはっとした。

海水ではない。海の冷たい塩水でずぶ濡れになっているわけじゃない。さっきまで海で——

(溺れていたはずなのに)

しかも、濡れているのは片側だけだ。反対側の、地面に触れていなかったほうは、冷えてはいたが完全に乾いていた。

ますますわけがわからなくなって、まわりを見回す。濡れているのは、ただの露《つゆ》のせいだったのだ。太陽は空の低いところにある。朝のようだ。からだの下のコンクリートを見てみると、彼が横たわっていた部分だけ乾いていた。

まるで一晩じゅう、ここに横たわっていたみたいに。

でも、そんなことはありえない。冬の海の残忍な冷たさや、頭上に広がっていた暗く凍えるような灰色の空を思い出す。あんなところで一晩生きていられるはずがない――

でも、あれはこの空じゃない。顔をあげて空を見る。この空は、冬の空ですらない。寒いのは単に朝だからで、これから暖かい日になりそうだ。しかも、夏のようだ。あの、突き刺すような風が吹き荒れていた浜とは大違いだ。そう、ぜんぜん違う――

死んだときとは。

もう一度ゆっくりと呼吸をした。できるかどうか、確かめるためだけに。まわりは静まり返っていて、彼自身が立てる音しかしない。

もう一度ゆっくりと家のほうを振り返る。目が光に慣れるにつれ――光というより、見ること自体に慣れるといった感じだったが――家のようすもはっきりしてきた。

霧と混乱を貫《つらぬ》くように、ぼんやりとした意識の中にやわらかい震えが走った。

ごくかすかに、本当にうっすらと――

うっすらと――

見覚えがある?

第二章

　立ち上がろうとすると、その感覚は消えた。立ち上がるのは驚くほど難しく、また倒れる。信じられないほど力が入らない。立てという単純な命令にすら、筋肉が従ってくれない。からだをまっすぐ起こすだけで息が切れ、いったん休んで呼吸を整えなければならなかった。

　もう一度立とうとして、小道のわきに生えている丈夫そうな植物をつかんだ――が、すぐに手をひっこめた。短いとげが指に刺さったのだ。

　よくある植物ではない。雑草だが、驚異的な高さまで伸びている。玄関まで続く小道の両側は花だんになっているが、雑草が異常なほど生い茂って、両隣との境にある低い石垣より高くなっている。植えこみの木は生き物のように枝をこちらへ伸ばし、あまり近づくと襲いかかってきそうだ。百センチや百二十センチ、いや、中には百八十センチはありそうな巨大な雑草が土のあるところを埋めつくし、舗装の裂け目という裂け目から炎が燃えあがるように伸びている。横たわっていたところに生えていた草は押しつぶされていた。

　もう一度やってみて、ようやく立てたが、足元がひどくふらついた。頭はぐらぐらして重いし、震えも治まらない。からだに巻きつけられた白い布はまったく保温にはならない。そもそもきちんとからだを覆うという衣服の役割も果たしていないことに気づいて、うろたえた。布は脚と上半身にきつく巻かれ、腕と背中も大部分が覆われている。なのになぜか、へそから腿《もも》の真ん中あたりまでは前もうしろもむきだしで、もっともプライベートな部分が朝日にさらされているのだ。焦って少ししかない布を無理やり引っぱりおろそうとするが、布はしっかり肌にはりついている。手でからだを隠し、だれかに見られなかったかどうか、あたりを見回した。

だが、だれもいなかった。そう、だれも。

〝これは夢なのか？〟その言葉がじわじわと浮かんでくる。はるか遠くから響いてくるかのように。〝死ぬ前に見る最後の夢ってやつか？〟

どの家の庭も、同じように雑草に覆われている。芝生だったところは、肩まである植物の生い茂る草原になっている。道路の舗装はひび割れ、ちょうど真ん中あたりからも、すさまじい勢いで雑草が生え、中には〝木〟と呼べそうなものまであった。

道路ぞいには車が止まっているが、どれもほこりと土が厚く積もり、窓もすっかり覆われている。それにほとんどのタイヤの空気が抜け、車体が沈んでいた。

動いているものはなにもない。道路を走ってくる車もないし、雑草の茂り方からすると、ありえないほど長いあいだ、車は通っていないようだ。左手の道路は先まで延びて、もっと広い通りにぶつかっている。車の往来の激しい幹線道路のようだが、やはり車の姿はなく、真ん中に十メートルから十五メートルほどある巨大な穴が口を開けているのが見えた。そこからも、林間の空き地のように草が生い茂っている。

耳を澄ましてみる。エンジン音ひとつしない。この通りも、となりの通りも同じだ。そのましばらく待った。さらに長いあいだ待つ。右手の道路を見ると、二棟のアパートメントのあいだから高架線路がのぞいている。それを見て、自分は電車がこないか耳を澄ましていたのだと気づく。

だが、電車は走っていなかった。

人間もいない。

見たとおり今が朝なら、人々が家から出てきて、車に乗り、仕事に出かけるはずだ。そうでなくても、犬を散歩させるとか、郵便物を配達するとか、学校に向かうとかしているはずだ。通りには人があふれているはずなのだ。玄関のドアが開いたり閉まったりしていなければおかしいのだ。

でも、だれもいない。車もない、電車もない、人間もいない。

それに、目と頭がはっきりしてくるにつれ、地理すらおかしいことに気づいた。ここにある家は一列に並んで、ぎゅうぎゅう詰めに建てられ、車庫や広い前庭はなく、四、五軒ごとにごく狭い路地があるだけだ。彼が住んでいた通りとはぜんぜんちがう。それどころか、アメリカの通りにすら見えない。むしろ——

イギリスの通りみたいだった。

＊

〝イギリス〟という言葉が頭の中で響き渡った。重要だという気がする。必死でなにかを捉えようとするが、頭がぼんやりして、ショック状態で混乱しているせいで、よけい不安になるだけだ。

これはまちがった言葉だ。ひどくまちがってる。

またふらりとよろめいて、丈夫そうな木の植えこみに寄りかかり、なんとか踏みとどまった。どうしても中に入って、なにかからだを覆うものを探したかった。それにこの家は、そう、ここは――

眉をひそめる。

この家は――なんだっけ？

入る決意をした自覚もないまま、ふらふらと家のほうへ一歩踏みだし、自分でも驚く。転びそうになる。自分の考えをはっきりさせようともがく。なぜ家に向かって歩いているんだ？　この奇妙な人気《ひとけ》のない世界から逃れて屋内に入りたいっていう本能のせいじゃない気がするのは、どうしてだ？　同時に、今のこの状態がなんであれ、夢のように感じられることにも気づいていた。夢の論理しかあてはまらない、夢の世界。

理由はわからないが、家が彼を引き寄せている。

だから、彼はそちらへ向かった。

玄関の石段までいくと、いちばん下の段に走っている亀裂をまたいで、ドアの前で立ち止まった。次にどうすればいいかよくわからない。どうやって開けるのかも、鍵がかかっていたらどうすればいいのかもわからなかったが、手を伸ばすと――

軽く触れただけで、ドアは開いた。

最初に目に入ったのは、長い廊下だった。今では太陽はいっそう輝き、背後の澄んだ青い空を満たしている。この暖かさは、夏かそれに近い季節だろう。肌がむきだしになった部分は青白く、こんな強い日差しを浴びるには白すぎて、すでにひりひりしてきている。だが、その明るさの中でも、廊下の半分から向こうは闇に沈んでいた。突きあたりに、上の階へあがる階段がぼんやり見えるだけだ。階段の手前の左側にドアがあり、家の中心へ続いていた。

中は、明かりひとつついていない。音もしない。

もう一度まわりを見回す。あいかわらず機械やエンジンのうなる音はしないが、虫の羽音や、鳥のさえずる声や、木の葉のあいだを吹き抜けていく風の音すらしないことに初めて気づく。

自分の呼吸する音だけだ。

しばらくのあいだ、立ち尽くしていた。異様にからだがだるく、力は入らないし、疲れきっていて、このままここで横になって永遠に眠れそうだ。そう、永遠に、二度と目覚めることもなく

——

だが、彼は家の中に入った。両側の壁に手をついてからだを支え、ゆっくりと前へ出る。そのあいだじゅう、だれかに止められるんじゃないか、他人の家に勝手に入るとはなにごとかとどなられるんじゃないか、という気がしてならない。よろめきながら奥の闇に入っていく。目が、本来の速さで光の変化についていかない。それでも、足元にほこりがたまっている感じから、考えられないほど長いあいだ、人が入っていないのがわかる。

奥へ入るにつれ、暗さも増す。なにかがおかしい。開いたドアから差しこむ光はなにも照らさずに、むしろますます影を濃くしている。かすんだ目には危険だ。手探りするように進むにつれ、ますます見えにくくなり、階段の下にたどり着くが、階段はあがらない。あいかわらず、人が暮らしているような音も、なにも聞こえない。聞こえるのは自分の立てる音だけだ。

それだけ。

リビングルームに入るドアの前でいったん立ち止まった。新たに恐怖が突きあげてくる。闇の中になにがあってもおかしくない。息をひそめ、彼を待ち受けているかもしれない。しかし、思いきって中をのぞきこみ、目が闇に慣れるのを待つ。

　すると、見えてきた。


　正面のブラインドの隙間から差しこむほこりっぽい光の筋に照らされ、飾り気のないあっさりしたリビングルームが浮かびあがった。リビングは、右へいくと、そのまま仕切りのないダイニングルームになり、さらにドアがあって奥にあるキッチンに続いていた。

　ごくふつうの部屋らしく家具があったが、すべて厚いほこりで覆われ、布をかぶせたように見えた。彼はあいかわらず疲れきっていたが、それらの形をなんとか頭の中にある言葉とつなげようとした。

　さらに目が慣れてくると、部屋はよりくっきりと姿を現わし、ひとつひとつの形が明確になって、細かいところまで見えてきた――

　暖炉の上でいなないている馬も。

　目を血走らせ、とげのように尖った舌を垂らし、燃えさかる世界にとらわれ、額縁の中から彼を見つめている。

　まっすぐ彼を見つめている。

　それを見たとたん、彼は大声をあげた。なぜなら、突如《とつじょ》としてわかったからだ。不安の影の向こうから、高波のように答えが押し寄せてきたのだ。

　ここがどこか、わかったのだ。

第三章

疲れきった足で精いっぱい走り、ほこりを巻きあげながら廊下をよろめくようにもどって、太陽の光のほうへ向かう。まるで――

（まるで溺れる者が空気を求めるように）

自分が苦痛のさけびをあげているのがぼんやり聞こえる。あいかわらず言葉にもならず、形も成さないまま。

でも、わかったのだ。

わかったのだ、わかったのだ、わかったのだ。

立っているのがやっとの状態で、よろめきながら玄関の石段をおりる。そして耐えきれずに、膝をつく。一気によみがえった記憶が背中にのしかかっているかのように、もはや立ち上がる力もない。

パニックに陥り、家のほうを振り返る。なにかが――だれかが追いかけてくるにちがいない、追ってくるにちが――

だが、だれもいない。

あいかわらずなんの音もしない。機械の音も、人の声も、動物や虫が立てる音も、なにもしない。あたりは深い静寂に包まれ、胸の中で鼓動している心臓の音が聞こえる。

〝心臓〟彼は考える。その言葉が頭の中の霧を貫いて現われる。

彼の心臓。

彼の死んだ心臓。溺れた心臓。

からだが震えだす。今、見たものがなにか、それがどういう意味を持つのか、そのおそろしい事実がじわじわと迫ってくる。


ここは、彼がむかし住んでいた家だ。

何年も前の家。イギリスにあった家。彼の母親が、二度と見たくないと言った家。海と大陸を渡ってまで、逃れようとした家。


でも、そんなことはありえない。もう何年もこの家を、それどころか、この国だって、見ていない。小学校以来、ずっと。

そう、あれ以来――

弟が退院してから。

最悪の出来事が起こってから。

〝うそだ〟

〝お願いだからうそだと言ってくれ〟

自分が今、どこにいるかわかってしまった。なぜこの場所なのか、なぜここで目が覚めたのかも。そう――

死んだあとに。

ここは地獄なのだ。

彼だけのためにつくられた地獄。

彼しかいない地獄。

永遠の地獄。

彼は死んで、彼専用の地獄で目を覚ましたのだ。


彼は吐いた。

前に倒れて両手を突き、小道のわきのしげみに胃の中身を吐きだす。力を入れたために涙がわきあがるが、それでも吐いたものが気味の悪い透明のゼリー状のものなのはわかった。うっすら砂糖の味がする。何度も吐き気がこみあげて、しまいには疲れ果て、すでに涙が出ていたせいか、泣きだすまではすぐだった。彼はコンクリートの地面に突っ伏して、泣きはじめた。

もう一度最初から、溺れ直しているようだった。空気を求め、自分よりはるかに大きなものを相手にもがくが、相手はただひたすら自分を引きずりこもうとし、抗うこともできず、止める手立てもないまま、呑みこまれ、消し去られる。小道に倒れたまま、相手に身を受け渡す。波の欲するがままに、屈したときと同じように――

(だが、あのときは波と戦いはしたのだ。最後の最後まで、戦いつづけたのだ)

そしてついに、最初に目を開けたときからずっとあった疲労感に屈し無意識の中に落ちていく。

落ちて、落ちて、落ちていく――

第四章

「いつまでここにすわってるつもり？」うしろの座席からモニカがきいた。「超寒いんだけど」

「おまえの彼女は口を閉じるってことはないのか、ハロルド？」グドマンドがからかうように言って、バックミラーをのぞく。

「ハロルドって呼ぶな」Hが低い声で言い返す。

モニカがHの肩をぴしゃりとたたいた。「それじゃ、ハロルド・フォードのコマーシャルのパクリじゃん」と、ちゃかす。

「きたいって言ったのはおまえだろ」Hが言う。

「で、きてみたら、すっごく楽しかったわけ。キャレン・フレッチャーんちの前に車を停めて、親が寝るまで待って、赤ん坊のキリストを盗むなんて。あんたってほんと、女の子の扱いを心得てるわよね、ハ、ロ、ル、ド」

うしろの座席がぼうっと明るくなり、モニカが猛烈な勢いで携帯の画面をタップしはじめる。

「切れよ！」グドマンドが言って、運転席から手を伸ばして、画面を覆った。「気づかれるだろ」

モニカはグドマンドの手を振り払った。「かんべんして。こんなに離れてるんだから平気よ」

そしてまた、画面をタップしはじめた。

グドマンドは首を振ると、バックミラー越しにHに向かって顔をしかめて見せた。へんって言えばへんだ。みんなHが好きだし、モニカが好きだ。なのに、Hとモニカがいっしょになると、あまり好きじゃなくなる。しかも、本人たちも同じっぽい。

「で、どうするつもり？」モニカは画面をタップしながら言う。「赤ん坊のキリストのこと、マジなわけ？　それってちょっと冒瀆《ぼうとく》的だと思わない？」

グドマンドが窓の外を指さした。「なら、あれは？」

みんな、フレッチャー家の前庭を侵入軍みたいに覆いつくしているクリスマスの飾りつけを見た。キャレンの母親は、ハーフマーケット地方新聞だけじゃ満足しなくて、ポートランドからテレビの取材班まで呼びつけようとしたっていううわさだった。いや、シアトルから呼ぼうとしたって話もある。

まずは、ピカピカ光るグラスファイバー製のサンタとトナカイだ。屋根の近くに生えている木から吊り下げられているから、過積載のそりがまさに着地しようとしているように見える。でも、そんなのはまだ序の口だ。家のあらゆる隙間やらでっぱりから、木の枝でも迫台《せりだい》でもとにかくなんでも使えそうなところまで、イルミネーション・ライトが張られ、三メートルはありそうな杖《キャンディケーン》の形の飴の森から、機械じかけの小人がゆっくりと手を振って、見物客を永遠へといざなっている。片側には、大聖堂さながらに飾り立てられた、七メートルほどの本物のクリスマスツリーがあって、その横の芝生でクリスマスに関係する動物たち（どういうわけか、サンタ帽をかぶったサイもいたけど）が跳ねまわっていた。

で、最大の見せ場はキリスト降誕の場面。神はラスベガスで生まれたのか？　って感じだ。マリアとヨセフ、飼い葉おけと藁《わら》、頭《こうべ》を垂れた家畜とおじぎをする羊飼いたち、ダンスの途中で固まったみたいに見える歓喜に満ちた天使たちまでいる。

そして、そうした者たちに囲まれ、真ん中でスポットライトを浴びているのが、黄金色の後光を載いた赤ん坊だった。全人類の平和を祈るように両手を差し伸べている。輸入物のベネチアン大理石でつくられているってうわさもあったが、これは後の悲劇的事件によってうそだと判明した。

「ほら、あの大きさなら持ち運びできるだろ、赤ん坊のキリストならさ」Hはモニカに説明したが、モニカは聞き流している。

「あれなら、片手でひったくれる」グドマンドも言った。「少なくとも、あのサイよりはましだろ。いったいなんでサイなんだ？」

「それで、別の家の庭に半埋めにしてやろうってわけ」Hは両手を挙げて、赤ん坊のキリストが地面から半分飛び出ているようすを真似してみせた。

「ジャジャーン」グドマンドはにやりと笑った。「クリスマスの奇跡さ」

モニカはあきれたように目をぐるりと回してみせた。「ほかの子たちみたいにただバカ騒ぎするだけじゃだめなわけ？」

みんな、げらげら笑った。マジで、モニカとHが別れたら、ぜんぶ元どおりになって、みんながハッピーなのに。

モニカが画面の表示を見て、言った。「もうすぐ十一時よ。確か――」

モニカが最後まで言う前に、いきなり真っ暗になった。近所の住民から苦情が出て郡が定めた消灯時間に従って、フレッチャー家のオーナメントの電気が消えたからだ。グドマンドが車を停めたのは、家のまえの砂利道の端だったけど、ここからでも、のろのろ運転をしていた車の列からがっかりしたような声があがるのが聞こえた。

（キャレン・フレッチャーはでかいうえに、なにかと間の悪いやつで、感謝祭から新年のあいだは必死になって学校で目立たないようにしていたけど、うまくいったためしはなかった）

「よっしゃ」グドマンドは両手をこすり合わせた。「あとは車がはけるのを待って、行動開始だ」

「これって泥棒だってわかってる？」モニカが言った。「あの飾りつけに関しちゃ、あの人たちは完全にイッちゃってるから、赤ん坊のキリストがいきなりなくなったりしたら――」

「怒りくるうだろうな」Ｈは笑った。

「訴えるわよ」

「遠くまで持ってこうってわけじゃないんだ」グドマンドは言って、いたずらっぽく付け加えた。「サマー・ブレイドんちなら、聖なるご訪問にぴったりじゃないか？」

モニカは一瞬、驚いた顔をしたが、すぐにニヤニヤしだした。「深夜のチアリーダー特訓を邪魔しないようにしなきゃね」

「さっき泥棒だって言ってなかった？」グドマンドが言う。

「言ったわ」モニカはまだニヤニヤしながら肩をすくめた。「だからいやだとは言ってないけど」

「おい！」Ｈがモニカにかみついた。「一晩じゅう二人でいちゃついてるつもりかよ？」

「みんな、黙れ」グドマンドは言って、前を向いた。「そろそろだ」

しんとなって、四人は待った。聞こえるのは、Ｈが袖で窓の曇りを拭く音だけだ。グドマンドは待ちきれないように貧乏揺すりをしている。道路の車が減っていくあいだ、車の中は静まり返っていた。四人とも自分では気づかないまま、息を殺していたらしい。

そしてとうとう、車はいなくなった。フレッチャー家の玄関の電気が消えた。

グドマンドがハアッと長い息を吐いて、後部座席を振り返った。真面目な顔をしている。Ｈがうなずき返す。「いくぞ」

「あたしもいく」モニカが言って、携帯を置いた。

「そうくると思ってたよ」グドマンドがにやっとする。

そして、助手席のほうを振り返った。

「用意はいいか、セス？」

第五章

セスは目を開いた。

まだコンクリートの上に横たわっている。硬い地面の上でからだをまるめていたせいで、全身がしびれてガチガチになっていた。しばらくじっとしている。

〝セス。それがおれの名前だ〟

驚きだった。今まで忘れていたなんて。今のが夢だか記憶だかはよくわからないが、とにかく、あまりにも鮮明で、痛みを感じるほどだった。それによってもたらされた情報にも痛みを覚える。名前だけじゃない。そう、それだけじゃない。

今、おれはあそこにいた。これは、記憶や夢なんかじゃない。はるかに鮮烈だ。本当にあの場にいたのだ。彼らといっしょに。Hとモニカと。グドマンドと。グドマンドは車を持っていたから、いつも運転役だった。友だち。キャレン・フレッチャーの庭から赤ん坊のキリストを盗んだ夜。

まだ二ヶ月もたっていない。

〝セス〟もう一度くり返す。なぜかその名前は、彼の脳から零《こぼ》れ落ちていた。手のひらにのせた砂みたいに。おれはセス・ウェアリングだ。

セス・ウェアリングだったんだ。

深く息を吸いこむと、さっき吐いたしげみから吐物のにおいが鼻をついた。からだを起こす。太陽が高くのぼっている。しばらく気を失っていたにちがいない。だが、まだ正午にはなっていないようだ。

まあ、この場所に正午ってものがあるならの話だ。ここでも、時間というものが意味を成すなら。

頭がズキズキ脈打っている。だが、記憶の混乱が重くのしかかる一方で、新たに強烈な感覚が浮かびあがってきた。ずっと感じていたが、物事がはっきりしはじめ、自分の名前もわかった今になって、初めて説明を、言葉を、与えられるようになった感覚。

のどの渇き。おれはのどが渇いている。記憶にないほどの渇きだ。その激しさに突き動かされるように、ぱっと立ち上がる。またふらついたが、なんとかこらえて、踏みとどまった。さっき家の中に入ろうとした、名のつけようのないあの衝動は、これが原因だったのだ。

名前を与えられた今、衝動はますます明白なものになっていた。

ふたたびだれもいない静まり返った近隣のようすをうかがう。どこもほこりと泥が厚く積もっているが、なんとなく見覚えのあるという感じがますますはっきりと、揺るぎないものになる。

おれの住んでた町だ。子どものころに暮らしていた、おれの家のある町。左にいくと、商店街があっていろんな店が並んでいる。右にいくと、通勤電車が走っていたことも思い出した。そして、電車を数えたことを思い出す。イギリスの小さな郊外の町から、世界を半周してアメリカの太平洋岸北西部の凍えるように寒い海岸に引っ越す前、毎朝早く、ベッドの中で眠れずに起きたまま、やってくる電車の本数を数えていたことを。まるでそれがなにかの役に立つかのように。

部屋の向こう側の、空っぽの弟のベッド。

あの夏のことを思い出して、たじろぎ、記憶を追いやる。

今ここは夏。だろ?

ふたたび家のほうに向き直る。

彼のむかしの家。

まちがいない、むかし住んでいた家だ。

風雨で傷《いた》んだまま、手入れもされていないように見える。窓枠のペンキははげ、雨どいから漏れた水で壁にしみができている。この通りの家はどれも同じように見える。煙突は一部が崩れて、レンガのかけらやほこりが屋根の端まで散らばっている。まるでそれに気づく人がだれもいないみたいに。

いや、本当にだれもいないのかもしれない。

〝なぜなんだ?〟のどの渇きをこらえながら、なんとか筋の通る説明を考えようとする。〝そんなことがありえるのか?〟

水を求める気持ちが、生き物のように体内で暴れはじめた。こんな感覚を味わったのは初めてだ。乾いた舌は膨れあがり、唇はひび割れて裂け、なめようとすると血の味がした。

家はそこで、彼を待っているかのようだ。もう一度中にもどりたいとは、これっぽっちも思わなかったが、ほかに方法はない。水を飲まなければ。ど、う、し、て、も。玄関のドアは、さっきパニックを起こして飛びだしたときのまま、開いている。暖炉の上で待ち受けていた衝撃を思い出す。腹にパンチを食らったようだった。彼が目覚めたこの地獄のありようを伝えるような――

だが、リビングの先にダイニングがあり、その先にキッチンがある。

キッチン。

蛇口があるはずだ。

*

ふたたびじりじりと玄関へ向かう。三段ある石段の前まできて、いちばん下の段のひびのことを思い出す。前からあったけれど、修理するほどのものではなかった。

家の中をのぞきこむと、どんどん記憶がよみがえってくる。まだ影に包まれている長い廊下は、小さいころ、数え切れないほど行き来した廊下だし、奥にかろうじて見える階段も、何度駆けおりたかしれない。階段をあがると寝室があり、さらにあがると、屋根裏部屋に出る。その屋根裏が彼の寝室だった。オーウェンといっしょに使っていた部屋。オーウェンが——

ふたたびそこで考えるのをやめる。のどの渇きのせいでからだを折り曲げそうになる。水を飲まなければ。

セスは水を飲まねばならない。

ふたたび自分の名前を意識する。〝セス。おれはセスだ〟

〝そして、おれは今から声を出す〟

「すみません」声を出すと、鋭い痛みが走り、渇きのせいでのどが砂漠になる。「すみません！」

今度はもう少し大きな声で言う。「だれか、いませんか？」

答えはない。依然としてなんの音もしない。自分の呼吸の音だけが、耳が聞こえなくなったわけではないことを示している。

玄関口に立ったまま、まだじっとしている。今度のほうが、入るのが難しい。はるかに難しい。

恐怖の理由がはっきりしたからだ。今度はなにが見つかるかと思うと、怖い。なぜ自分がここにいるのか、それにどういう意味があるのか、知るのが怖い。

そしてそれが、これから永遠かつ永久に、どういう意味を持つのかを知るのが怖い。

だが、のどの渇きもまた、はっきりしている。無理やり足を前に出して、敷居をまたぐ。ほこりが舞いあがる。包帯はもはや白色とは言えないし、肌は黒い汚れで縞《しま》になっている。奥へ歩いていって、階段の真下で足を止める。電気のスイッチを動かしてみるが、ただ上下するだけで、どこの電気もつかない。まだ階段の上の暗闇に立ち向かう勇気はなく、見るのさえおそろしくて、階段に背を向け、勇気をかき集めるとリビングに向かう。

乾いた空気を思いきり吸いこみ、ほこりで咳きこむ。

そして、中へ入った。

第六章

　家の中は、彼がパニックを起こして出ていったときのままだった。明かりはあちこちから差しこむ太陽の光だけで、この部屋も電気はつかない。こうしてわかったうえで見ると、部屋には子どものころの家具がたくさんあった。

　しみのついた赤いソファーは、大きいものがひとつと、小さいものがひとつあり、二人の息子が大きくなって汚さないようになるまで、父親が買い換えようとしなかったものだ。

　アメリカに引っ越すときに、イギリスに置いていった。そう、この家に。

　でも、こっちのコーヒーテーブルはここには置いていかなかったはずだ。今は、ここから何千キロも何万キロも離れたところにあるはずだ。

〝どういうことだ？　どうしてだ？〟

　やはり海を越えたはずの母親の花びんもある。持っていかなかった古びたサイドテーブルも。

　そして、暖炉の上には――

　覚悟していたのに、また腹を刺されたような痛みに襲われた。

　その絵は、おじさんが描いたものだった。これも、いくつかの家具といっしょにアメリカへ持っていったはずだ。馬はからだのバランスがどこかおかしくて、目に恐怖をたたえ、とげのような舌を垂らしていないていた。ピカソのゲルニカを模写したもので、馬のまわりに、ばらばらの空と、爆撃でばらばらになった死体が描かれている。

父親に本物のゲルニカについて聞いたのも、その背景を理解したのも、もうずいぶん前になる。おじさんの模写はかなり見劣りがするとはいえ、セスが初めて目にした絵画だった。当時の五歳の頭で理解しようとした、初めての本物の絵画だったのだ。そのせいで、ほかのどの古典作品よりも、セスの心の大きな位置を占めることになった。

ヒステリックでおそろしく、理性に耳を傾けたり、慈悲を受け入れたりすることのない、悪夢のような存在。

しかも、この絵を最後に見たのは昨日だ。昨日というものに意味があるなら、地獄でも時間が流れるのなら。その答えはともかく、地球の反対側にあるはずの彼の家から出るとき、玄関のドアを閉める間際に、最後にちらりと目に入ったのがこの絵だった。

彼が死ぬ直前まで住んでいた家のことだ。ここではない。できれば思い出したくない過去から現われた、目の前の悪夢バージョンの家のことではない。

耐え切れなくなるまで絵を見つめ、これはただの絵で、それ以上のものではないと思おうとした。でも、顔をそむけたときもまだ、心臓が激しく動悸しているのがわかった。見覚えのある食卓や、本棚も見ないようにしたが、ここではない、今暮らしているほうの国で読んだ本も何冊か入っているのが目に入った。のどが渇いていることしか考えないようにして、弱ったからだで精いっぱい急いでキッチンにいき、まっすぐシンクへ向かう。やっとありつけると思うと、泣きだしそうだった。

蛇口をひねってもなにも起こらなかったとき、思わず絶望の声が漏れた。もう一度ひねってみる。片方はまったく動かず、もうひとつはくるくる回るだけで、何度回してもなにも出てこない。

ふたたび涙がこみあげてきて、水分のなくなったからだから出る涙の塩分で目がひりひりした。脱力感で足元がふらつき、からだを折り曲げてカウンターに額をつけ、ほこりっぽい冷たさに意識を集中して、気絶するなと言いきかせる。

〝地獄なんだから、あたりまえだ。こうなるに決まってる。常にのどが渇いてるけど、飲むものはない。そうに決まってるじゃないか〟

きっと赤ん坊のキリストを盗んだ罰だ。モニカは実際、そんなことを言っていた。あの夜のことを思い出して、胸がうずく。友だちのことを、なにもかもがのんきで気楽だったことを。口数の少ない自分をみんなが好いてくれて、イギリスとアメリカのカリキュラムの違いのせいで、同じ学年でもみんなよりもほぼ一歳年下だってこともぜんぜん関係なくて、みんなが――特にグドマンドが――いつも仲間に入れてくれたことを。神を盗むときでさえも。

セスたちは盗んだのだ。簡単すぎてかっこがつかないほどで、本気で捕まるかもしれないと思ったのは、こらえきれずに笑い声が漏れたときくらいだった。飼い葉おけから赤ん坊を取りあげると、びっくりするくらい軽くて、どうかなりそうなほど興奮しながらグドマンドの車まで運んだ。にしても、かなりビクついていたのはたしかで、フレッチャー家の電気がついたのと同時に車を急発進させた。

でも、成功した。それから計画どおり、チアリーダーの部長の家までいって、どう考えても大きすぎる声で「シィッ」と言い合いながら、赤ん坊のキリストを後部座席から夜の闇の中へおろした。

そこで、Hがキリストを落としたのだ。

それで案の定、赤ん坊のキリストがベネチアン大理石なんかじゃないことがはっきりした。安物のセラミックで、だから舗道に落ちたのと同時に、驚くほど完璧に粉々になった。おそろしいほどの沈黙が流れ、全員立ち尽くしてかけらを見下ろした。

「これでみんな、地獄行きね」ようやくモニカが言ったのを覚えている。けど、ぜんぜんジョークには聞こえなかった。

セスは胸から音がするのに気づき、それが自分の笑い声だと知って驚いた。口を開けると、しゃがれた声が出てきて苦しくなったが、止められなかった。笑って笑って、そのせいで頭がくらくらするのも、あいかわらずカウンターからからだを起こすことができないのもかまわず、笑いつづけた。

そうだ、地獄だ。モニカは正しかったんだ。

そしてまた、泣きだした。でも笑っているとき、意識の片隅でなにかを感じていたことに気づいた。さっきからずっと、別の音が聞こえている。きしむような、うめくような音。この家のどこかで牛が迷子になって鳴いているみたいな音。

顔をあげた。

うめいているのは水道管だった。汚《きたな》らしい錆《さ》び色をした水が、蛇口からポタポタと滴り落ちている。

セスは文字どおり飛びついて、無我夢中で飲んで、飲んで、飲みつづけた。

第七章

水はひどい味がした。信じられないくらいひどくて、金属と泥の味がしたが、それでもセスはやめることができなかった。出てくる横から飲んでいるうちに、水の勢いも増し、十口ほど飲んだところで、胃がぎゅるぎゅるいいだして、セスはからだをのけぞらせ、たった今飲んだばかりの水をぜんぶシンクに吐いた。錆び色の水がどっと口から流れ出た。

そのまましばらく荒い息をしていた。

それから見ると、水が少しきれいになってきていた。でもまだ飲めそうではなかったので、ぎりぎりまで我慢して、さらにもう少しきれいになるのを待ってからふたたび飲みはじめた。今回はゆっくりと、休み休み飲むようにした。

今度は吐かずにすみ、胃からひんやりとした感覚がじわじわとからだ全体に広がっていった。気分がよくなると、この場所はかなり暑いということに改めて気づいた。特に家の中は暑い。空気はどんよりとして重苦しく、あらゆるものを覆っているほこりの味がする。さっきカウンターに寄りかかったせいで、腕もほこりで汚れていた。

気分がほんの少しよくなり、力もほんの少しもどってきた。もう一度水を飲み、それからさらに飲むと、ようやくわめきつづけていたのどの渇きが治まった。からだを起こして、背中を伸ばしてみる。めまいも感じない。

裏の窓から入る太陽の光は明るく、くっきりしていた。キッチンを見回してみる。まちがいなくむかしの家のキッチンだ。母親が小さすぎると、始終文句を言っていたキッチン。アメリカへ引っ越して、朝食用コーナーにゾウの一家がすわれるくらい広いキッチンになってからも、まだむかしのキッチンの悪口を言いつづけていた。だが、母親にしてみれば、イギリスのものはなんだってアメリカより見劣りがするのだ。だろ？

イギリスはセスたちをあんな目に遭わせたのだから。

い、い、い、

そのことについて、セスはずっと考えていなかった。思い返すことはなかったのだ。何年も。理由なんてない。いやな思い出のことをくよくよ考えつづけたってしょうがない。まったく新しい場所で人生を送っていくために、いろんな新しいことを覚えたり、いろんな人と会ったりしなきゃならなかったのだ。

それに、確かにあれはおそろしい出来事だったけれど、弟は死ななかった。だろ？　もちろん問題はあった。神経障害がどれだけ深刻か、弟の成長を見守っていく必要はあったけど、それでも、弟は生きていたし、いろいろな問題があるにしろ、たいていはかわいらしくて、からだの機能もしっかりしていて、幸せな子どもだった。

もちろん、思い出したくないような時期もあった。みんなが最悪の場合を考え、セスに向かってくり返しくり返しセスは悪くないと言いながら、心の中では――

セスは考えを頭から押しやり、のどの痛みを飲みこんで、暗いリビングのほうを見やった。ここでおれはなにをすればいいんだ？

なにか目標はあるのか？　解かなきゃいけない問題とか？

それとも、ただ永遠にここにいればいいのか？

それが地獄というものなのか？　永遠にひとりぼっちで、最悪な記憶とともに閉じこめられるってことが？

確かに一理ある。

でも、じゃあ、この包帯はどう説明するんだ？　汚らしい黒いしみがついているが、彼のからだの必要のないところだけにしっかり巻かれている。それを言うなら、今ではほとんどきれいになった蛇口の水だって、わけがわからない。これが罰なら、なぜのどの渇きは癒《いや》されたんだ？

あいかわらずなんの音も聞こえない。機械の音も、人間の声も、乗り物の音も、なにもしない。水が流れる音だけ。それがもたらす安らぎに、セスはどうしても蛇口を閉めることができなかった。

腹がゴロゴロいっているのを感じて驚いた。二度も中身をすべて吐いたせいで、胃が食べ物を求めているのだ。恐怖にも負けず――だって、ここは地獄だろ？　なにを食うっていうんだ？　セスはほとんど無意識のまま、いちばん近くにあった戸棚を開けた。

棚には、皿やカップがぎっしり並んでいた。扉が閉まっていたおかげでほこりは少なかったが、それでも、長いあいだ放っておかれていた雰囲気をまとっている。となりの戸棚には、それより上等なグラスや磁器が入っていた。ぜんぶではないがほとんどが、アメリカに運ばれたはずのものだ。すぐにまたとなりの棚に移る。とうとう食べ物が見つかった。乾燥パスタが数袋と、カビの生えた米の箱。箱は触ったとたん、ぼろぼろに崩れた。砂糖いれの砂糖はかちかちに固まって大きな塊《かたまり》になり、指でつついても、まったく崩れない。さらに探すと、缶詰が出てきた。すっかり錆びたものや、異様に膨らんでいるものもあるが、いくつか大丈夫そうなものもあった。セスはチキンヌードルスープをひとつ、選んで取りだした。

缶詰のブランドには見覚えがあった。セスとオーウェンの大好物で、しょっちゅう母親にせがんで買ってもらっていたものだ――

ハッとした。記憶は危険だ。また頭がぐらぐらしてくる。混乱と絶望の底の知れない深い穴がまっすぐ彼を見返し、ちらとでもそっちを見ようものなら呑みこもうと待ち受けている。

〝あとでいい。今は腹が減ってるんだ。そのほかのことは、あとだ〟

自分でも信じていなかったが、無理やりそう思いこんで、缶に書かれた文字に目を落とす。「スープ」声に出して読む。声はまだかすれているが、水を飲んだおかげでだいぶましだ。「スープ」

今度はもう少し力をこめて言う。

端から引き出しを開けていくことにする。だが、最初の引き出しで缶切りは見つかった。錆びて硬くなっていたが、なんとか使える。「よし！」小さく勝利の声をあげる。

缶に最初の穴を開けるのに、十六回失敗した。

「クソ！」どなったつもりだったが、のどはまだどなり声を出すところまでは回復していなかった。ゴホゴホと咳きこむ。

だが、ついに穴が開いた。あとは、ここから切っていけばいい。缶切りをひねるという単純な作業だけで手がひりひりして、一瞬、これ以上続けられないかもしれないと思ったが、いらだちを糧《かて》に作業を続け、ようやく、そう、やっと、中身を飲めるくらいの穴を開けた。

缶を口に向けて傾ける。スープはゼラチン状になっていて、鉄の味がしたが、チキンヌードルの味もした。ふいにそれがひどくありがたく思えて、セスは中の麵をすすりながら笑いはじめた。

それから、自分が少し泣いていることに気づいた。

食べ終わると、ガンと音を立てて缶を置いた。

〝やめろ。しっかりするんだ。なにが必要だ？　次はどうすればいい？〟彼はわずかに背を伸ばした。〝グドマンドだったら、どうする？〟

それから、この場所にきて初めて、セスはほほえんだ。ほんの一瞬、小さくほほえんだだけだが、それでも笑みは笑みだった。

「グドマンドならしょんべんをするな」セスはかすれた声で言った。

なぜなら、それが本当に、今、彼に必要なことだったから。

第八章

セスはふたたび、暗くほこりっぽいリビングのほうへ引き返した。だめだ。まだだ。まだ向かい合えない。ふらふらする足で暗い階段をのぼり、二階の洗面所まで行くなんて、ぜったいにできない。

セスは裏庭《バックヤード》に出るドアのほうへ向かった。ヤードじゃなくてガーデンだったな、と思う。アメリカでは庭はヤードだけど、イギリスではガーデンで、両親もいつもそっちを使っていた。錠を開けるのに手間取っていらついたが、ようやく再度日差しの下へ出ると、父親がいつかの夏に作ったデッキの上を歩いていった。

両隣の家との境にある石垣が驚くほど近くにあるように思えた。家族で住むことになったアメリカの家の広さに慣れていたからだろう。芝生は雑草と小麦に似た草の森と化していて、セスはデッキの上に立っているのに、それでも頭くらいの高さまであった。裏のフェンスの手前に、第二次世界大戦のときからあるコンクリート製の古い防空壕があり、立派なアーチ屋根だけが、雑草の上からのぞいている。セスの母親はそれを陶芸用の作業場にしたが、結局そんなに使わないまま、あっという間に古い自転車や壊れた家具の置き場になった。

裏のフェンスの向こうに土手があり、上に、ねじれた鉄条網のついた塀があった。その先は、土地が傾斜しているので、こちらからは見えなかった。

だが、ここが地獄なら、まだそこに刑務所があるはずだ。

目をそらし、デッキの端に立った。そして、少し前に身を乗りだすと、背の高い草に向かって尿が出るのを待った。

待った。

さらに待った。

さらに少し待つ。

ウッとうなって、力を入れる。

そしてとうとう、安堵《あんど》のさけび声とともに、有毒な濃い黄色の液体が庭に放たれた。

ほとんど同時に、痛みで悲鳴をあげた。まるで酸でも出しているみたいだ。セスは苦痛にうめきながら自分の下半身を見下ろした。

そして、目を凝らした。

股間と尻の皮膚のあちこちに、無数の小さな切り傷や擦り傷やあざがある。体毛のいちばん濃いところに白いテープがからまり、さらにそれより大きなテープが、むきだしになった腿のあたりに垂れていた。

顔をしかめながら用を足すと、外の光の下でからだを調べはじめた。両腕の肘の内側にも、切り傷や擦った痕《あと》が無数にある。臀部《でんぶ》の両わきにも一列に傷がついていた。上半身も見ようと、包帯を引っぱってみた。かなりの接着力があったが、引っぱってるうちにはがれはじめた。包帯の内側には見たことのない金属箔《はく》がついていて、はがすとベトベトして、あまり意識したこともない胸毛がいっしょに抜けた。腕と足の包帯も同じだった。どんどんはがしていくと、ところどころ毛が抜けてヒリヒリしたが、さらに擦り傷や切り傷が見つかった。

そのままはがしつづけ、やっとのことでぜんぶはがし終えた。包帯はデッキの上でとぐろを巻き、ほこりで汚れていたが、金属の部分に日光があたると、攻撃的と言っていいほど鋭く光を反射した。見たところ、文字などは書かれていない。金属の部分は、アメリカでもイギリスでも、見たことのないものだった。

セスは思わず後ずさった。包帯には、どことなく異質な感じがあった。なにかおかしい。侵略的な感じがある。

腕をぎゅっと組んだ。日がさんさんと照っているのに、震えが襲ってくる。今やなにも着ていない。つまり、次にしなきゃならないのはこれだ。裸だと、信じられないほど無防備な気がする。単に身を覆うものがないというだけではない。この場所には、そう、どこかに危険が潜んでいる。ふいに強くそれを感じて、フェンスと、見えないがその向こうにあるとわかっている刑務所のほうをちらりと振り返る。でも、そうした明らかなものだけじゃない。ほこりや雑草の下に、非現実が潜んでいる。地面は硬そうに見えるが、いつぱっくり割れるかわからない。

照りつける太陽の下で、セスはガタガタ震えつづけた。頭上には、飛行機一機飛んでいない澄んだ青空が広がっている。さっき食べたり飲んだりするのに使ったエネルギーの消耗があっという間に追いついてきて、重い毛布のように疲労がのしかかる。脱力感を覚える。信じられないほど激しい、肉体の脱力感。

腕を組んだまま、家の中に引き返す。

それは、そこで彼を待っている。記憶が、もう一度入れてくれと彼に乞う。

第九章

（ようすを見ないと）セスはメールを打った。（うちの母さん《mum》のことはわかってるだろ）

（アメリカじゃ、母さんのスペルはｍｏｍって書くんだ、ホモやろう。で、おまえの母親は、今度はなにが気に入らないんだ？）と、グドマンド。

（歴史のＢ）

（成績のことなんかでグダグダいうのか？　何世紀の人間だよ？）

（今世紀じゃないな。あと、こんな長文打ってくるのは女だけだよ、ホモやろう）

すぐに携帯が通話の着信で震えたので、セスはにやりとした。「ようすを見ないとって言っただろ」セスは小声で言った。

「なにが問題なんだ？　おまえの母親はおれのこと、信用してないのか？」電話の向こうでグドマンドが言う。

「ああ」

「へえ、じゃあ、思ってたよりは頭がいいんだな」

「みんなが思ってるより、頭が働くんだよ。だから、いつもムカついてんのさ。こっちにきてもう八年になるのに、みんながいまだにでかい声でゆっくり話しかけるって怒ってる。まるで外人相手に話すみたいだって」

「実際、外人だろうが」

「イギリス人だ。同じじゃない。どうして声をひそめてんだ？」

「まったく同じ英語だろ」

「起きてるって気づかれたくないんだ」

セスはいったん、ベッドの上で耳を澄ませた。母親が歩き回っている音が聞こえる。オーウェンのクラリネットを探しているんだろう。オーウェンはとなりの部屋で、ギターのソロ演奏のテレビゲームをやっている。時おり、一階のキッチンからガンガンという音がする。父親が、三ヶ月ですむ大工仕事の十ヶ月目に突入しているのだ。典型的な土曜日の朝。そう、だから、なるべくベッドにいさせてもらう。みんながセスのことを忘れているあいだはゆっくり――

「セス！」一階のホールからどなる声がした。

「切らないと」セスは電話に向かって言った。

「絶対にこいよ、セッシー」グドマンドは言った。「何回言ったらいいんだ？　うちの親は町にいないんだ。パーティをしろってことだよ。こんなチャンス、このあと数回あるかどうかだからな。来年は三年だ。卒業したら、ここともおさらばだし」

「できるだけ、がんばるよ」セスは慌てて言った。母親の足音がこっちに向かってくる。「またかける」セスが電話を切ったのと同時に、部屋のドアが開いた。「ちょっと、ノックは？」

「母さんに秘密はなしよ」母親は言ったが、無理に作った笑みを見て、母親なりの奇妙な非友好的方法で謝ろうとしているのは、わかった。

「母さんには、おれの秘密なんて想像もつかないと思うよ」

「それはないわね。ほら、起きて。いくわよ」

「どうしておれがいかなきゃいけないんだよ？」

「オーウェンのクラリネット、見なかった？」

「オーウェンだって一時間くらい、大丈夫――」

「クラリネットを見た？」

「おれの話、聞いてんの？」

「わたしの話は聞いてるわけ？　オーウェンのクラリネットはどこなのよ！」

「知るかよ！　おれはオーウェンの執事じゃないんだ！」

「言葉に気をつけなさい」母親はきつい口調で言い返した。「あの子が忘れっぽいのは知ってるでしょ。あの子は、あなたみたいにしっかりしてないの。あれ以来――」

母親は最後まで言わなかった。それも、だんだん小さな声になるわけでもなく、いきなりぷつっと黙った。その意味は、きく必要もなかった。

「クラリネットは見てないよ」セスは言った。「だけど、やっぱりどうしておれまでいって、すわってなきゃいけないのか、わからないよ」

母親は怒りに満ちた辛抱づよさで、ひと言ひと言はっきりと発音しながら言った。「なぜ、なら、わたしが、ランニングに、いきたい、か、ら、よ」そして、手にぶらさげているランニングシューズを揺らしてみせた。「わたしの貴重な自分の時間なの。ベイカー先生と二人っきりで置いていくと、オーウェンが動揺するのは知ってるでしょ――」

「大丈夫だよ。オーウェンはわざとやってんだ。関心をひきたいから」

母親はすっと息を吸いこんだ。「セス――」

「いったら、今晩、グドマンドんちに泊まっていい？」

母親はためらった。母親は、あまりグドマンドのことが好きではないのだ。自分でも理由はよくわからないらしい。「名前からして気に入らないのよ」以前、夜にとなりの部屋で父親に言っているのを聞いたことがある。「グドマンドってどういう名前よ？　スウェーデン人じゃあるまいし」

「グドマンドはノルウェーの名前だと思うよ」父親は半分聞き流しながら答えた。

「どっちにしろ、ノルウェー人でもないわ。だからって、アメリカ人が、国籍はアメリカのくせに自分はアイルランド人だとかチェロキー族だって強調するのともちがう。実際、この国じゃ、みんながみんな、自国の名前をつけるのを嫌がるんだから。身の危険でも感じないかぎりね」

「でも、連中は年がら年中、自分はアメリカ人だって言ってるじゃないか」父親が冷ややかに言った。それからあと、両親の会話はひどくとげとげしくなった。

セスにはよくわからなかった。グドマンドは、いわゆるティーンエイジャーとしてほぼ完璧だ。人気はあるけど、目立ちすぎもせず、自信があるけど、ありすぎるわけじゃない。セスの両親に対しても礼儀正しいし、オーウェンにも親切だし、車を買ってからは必ず門限までにセスを送ってくれた。ほかの同級生と同じで、セスよりは年上だけど、差はたった十ヶ月で、セスが十六なのに対して十七ってだけでたいしたことはない。セスといっしょに、モニカとHとクロスカントリー部のチームで走ってる。これ以上ないってほど健全だ。確かに、グドマンドの両親はヨーロッパ人をあきれさせるような典型的な保守派のアメリカ人だったけど、セスの両親も、一対一ではきわめていい人たちだというのは認めていた。

それに、明らかに疑っていたとはいえ、両親にはセスとグドマンドがやらかしてることはひとつもバレていない。だいたい、そこまで悪いことをやってるわけじゃない。ドラッグはやってないし、酒はそこそこ飲んでいたとはいえ、飲酒運転はしていない。グドマンドは明るくておおらかで、たいていの親が、息子の友人として歓迎するタイプだった。

でも、どうやらセスの母親だけはちがうらしい。まるでグドマンドに関しては第六感が働くとでも言いたげだ。

まあ、当たってるかもしれないけど。

「明日はバイトでしょ」母親は言ったが、交渉がイエスの方向に動きはじめているのが、セスにはわかった。

「六時からだよ」セスはなるべく口答えっぽくならないように、言った。

母親は考えてから、ぞんざいに言った。「わかったわ。さあ、起きて。いくわよ」

「ドアを閉めて」セスは言ったが、母親はすでにいってしまっていた。

セスは起き上がると、シャツを見つけて頭からかぶった。オーウェンのクラリネットのレッスンのあいだ、母親が海岸ぞいを猛烈な勢いで走れるよう、たまねぎ臭いベイカー先生と一時間すわっているのは苦痛だが、それとひきかえに一晩の自由が手に入る。しかも、グドマンドの父親が置き忘れていったビールつきだ。でも、飲酒運転はしない。二人とも不良ではないのだ。そこが、ますますセスの母親をイライラさせるらしかった。いっそ本当に悪いことをしてやろうか、と思うこともあった。母親を納得させてやるためだけに。でも、とりあえず今回はいい取引だ。逃れられるチャンスさえあれば、なんだっていい。この息苦しさを少しでも感じずにすむなら。たとえわずかなあいだだけでも。

チャンスには乗る。

五分後、セスは着替えて、キッチンへおりていった。「おはよう、父さん」セスはシリアルの箱を取りながら言った。

「おはよう」父さんは新しいカウンターの木の枠を熱心に調べながら、ため息をついた。何度のこぎりで切っても、ぴったりはまらないらしい。

「人を頼んだら?」セスはピーナツバター味のグラノーラを手づかみで口に入れながら言った。

「一週間でやってくれるよ」

「人って、だれのことだ?」父親はカウンターに気をとられながら言った。「自分でやったほうが、気楽でいい」

このセリフなら、何十回も聞いていた。父親は、小さな教養大学で英語を教えていた。ハーフマーケットの人口の三分の二は、そこの学生だ。父親の日曜大工は、セスがまだ赤ん坊だったころのイギリスの家のデッキから、この家のガレージのユーティリティルームや、自分でやると言い張った今のキッチンの建て増しに至るまで、多岐にわたっていた。父親いわく、ロンドンの生活をアメリカの海岸ぞいの田舎町と交換したあとも正気でいられたのは、大工仕事のおかげってことらしい。日曜大工はいずれは完成したし、結果もまあまあだったが、正気を保つってことに関しては、大工仕事より、たぶん父親が飲んでいるうつの薬の力によるところが大きいだろう。父親の友人たちが服用している通常の抗うつ剤よりも強いため、父親は時おり家をさまよう幽霊のように見えた。

「今度はなにがちがうっていうんだ?」父親はブツブツ言いながら、木片の山に向かって首を振った。

すると、母親が入ってきて、キッチンのテーブルの上にドンとオーウェンのクラリネットを置いた。「どうしてこれがお客用の寝室にあったのか、だれか説明してちょうだい」

「オーウェンにきいてみようとは思わないわけ？」セスはシリアルをほおばりながら言った。

「ぼくになにをきくの？」オーウェンが入ってきた。

オーウェン。セスの弟だ。ひどい寝癖がついたみたいなくるくるの巻き毛で、もうすぐ十二歳なのに、それよりずっと幼く見える。口のまわりは、〈クールエイド〉の粉ジュースで赤くなっているし、あごにもまだ朝ごはんのパンくずがついている。下は普通のジーンズをはいていたけど、上のクッキーモンスターのパジャマは、年齢的にもサイズ的にも五歳分小さかった。

オーウェン。あいかわらずそそっかしくて、注意力散漫。

でも、セスは、母親がほとんど至上の幸福に近いもので満たされるのがわかった。

「なんでもないわよ、いい子ちゃん。顔を洗って、きれいなシャツに着替えてらっしゃい。そろそろ出かけるからね」

オーウェンは母親に輝くような笑みを返した。「レベル82までいったんだよ！」

「まあ、すごいじゃない。さあ、急ぎなさい。遅刻しちゃうわ」

「うん！」オーウェンはセスと父親にもかわいらしい笑顔を向けてから、キッチンを出ていった。そのうしろ姿をセスの母親は食い入るように見送った。そうでもしないと、オーウェンを食べてしまうといわんばかりに。

キッチンに引き返してきたとき、母親はこっちが戸惑うほど優しく情愛に満ちた顔をしていたが、次の瞬間、セスと父親に見られているのに気づいた。みんなしんとなって、一瞬、ぎこちない雰囲気が漂った。母親も、せめて恥ずかしそうにするくらいの嗜《たしな》みは持っていた。

「急ぎなさい、セス。遅れるわよ」

そして、母親は出ていった。セスはシリアルを手につかんだまま、立ち尽くしていたが、父親はなにも言わずに、またゆっくりと木枠を切りはじめた。いつもの逃げだしたいという渇望がこみあげてきて、本当になにかに胸が締めつけられているような気がして、下を見たら実際に渇望が目に見えるんじゃないかとさえ思った。

〝あと一年だ〟セスは思った。〝あと一年だけだ〟

まだ高校の最終学年がひかえているが、それが終わればここを出て、大学へ行く。(願わくばグドマンドと、うまくいけばモニカもいっしょだ。このワシントン州南西端のじめじめした小さな町から、できるかぎり離れてさえいれば、場所はどこでもよかった。

両親づらをしている見知らぬ他人から離れられれば。

でもそれから、もっと近い未来に小さな逃亡が控えていることを思い出した。

クラリネットは一時間だ。それで、週末が手に入る。

自分でも意外なほど怒りを感じながら、セスはそう思った。

そして同時に、もう自分が空腹ではないことに気づいた。

第十章

セスは、二つある赤いソファーのうちのひとつで目を覚ました。今回もまた、夢から浮上するのに時間がかかった――

いや、これが、単なる夢のはずがない。

今回は、確かに眠っていた。それはわかってる。でも、前のときと同じで、あまりにも鮮明で、はっきりしすぎている。夢特有の不安定なあいまいさとか、いきなり場面が切り替わるとか、きちんとしゃべったり動いたりできなかったりとか、時間や論理におかしな点があったりとか、そういうことがいっさいない。

彼はあそこにいたのだ。あの場に。ふたたびあの時を生き直したのだ。

あの朝のことを、まるでテレビで見たみたいに、はっきりと思い出せた。あれは夏で、赤ん坊のキリスト事件の数ヶ月前だった。地元のステーキハウスで、初めてウェイターのバイトを始めた直後だ。グドマンドの両親は、ワシントンの冷たく荒々しい海を臨《のぞ》む自宅の管理を息子に任せ、仕事でカリフォルニアへいってしまった。Hとモニカもきて、グドマンドの父親が置いたまま忘れたビールを飲んだり、くだらないことを言ったり、ありえないくらいばかばかしいことで意味もなく笑ったり、たいしたことはなにもせずにグダグダ過ごした。

最高だった。本当に、ただひたすら、最高だった。最終学年になる前の夏はずっと最高だった。

なにもかもが可能に思え、あらゆるすばらしいことが、手に届くところにあるような気がして、そこにいるだけで、最後にはすべてがいい方向に進むんじゃないかって——

悲しみが一気に押し寄せ、胸が締めつけられる。波が押し寄せてきて、彼を呑みこんだときみたいに。

あの時は最高だった。

でも、終わってしまった。

彼が死ぬ前に、終わってしまっていたのだ。

セスはからだを起こし、子ども時代の家のほこりの積もった堅木張りの床に足をおろした。頭皮をぼりぼりとかいて、髪がひどく短いことに驚く。これじゃ軍人だ。人生でいちばん短くしたときよりも、さらに短い。立ち上がって、ソファーの上にかかっている大きな鏡のほこりを落とす。

見たとたん、ショックを受けた。まるで戦争避難民みたいだ。ほぼ坊主頭に近く、顔は異様なほどやせ細り、人生で一度も安全な場所で眠ったことがないってような目をしている。

〝よくなる一方だよ〟投げやりな気持ちで思う。

包帯をはがしたあと、家の中にもどったのは覚えている。その時点でもう、強い麻酔でもかけられたみたいにどうしようもないほどだるくて、大きいほうのソファーまでいって、背もたれにかかっていた毛布のほこりを振り落とし、頭からかぶって寝るだけで精いっぱいだった。眠るというより、気を失ったってほうが近かったくらいだ。

そして、今の夢を見たのだ。いや、もう一度生き直した？　あれはなんだったんだ？

立っていると、また胸が締めつけられるような気がして、セスは毛布をビーチタオルみたいにからだに巻きつけて、またキッチンへいった。夕飯でも漁《あさ》ろうと思ったのだ。裏の窓から入ってくる光が変化しているのに気づいたのは、少したってからだった。太陽がのぼってきたのだ。また。ふたたび夜が明けたのだ。

ほぼ一昼夜、眠りつづけていたことになる。いや、っていうか、地獄ではどんなふうに時間が流れるんだ？

そもそも時間が流れてるなら、だけど。また同じ日を最初からやり直すだけかもしれない。

今回は、前回より簡単に缶を開けられた。休んだおかげで、少し力がもどってきたようだ。ベイクドビーンズの缶だったが、ひどい味で、思わず吐きだした。スープはないかと、棚を探す。なにもない。缶どころか、棚の中はほとんど空《から》で、ミイラ化したパスタを食べるしかなさそうだ。無理だろうと思いつつ、お湯を沸かせないかガスレンジのつまみをひねってみたが、案の定ガスは出ない。電気もきていないから、ほこりだらけの電子レンジの電源も入らない。照明のスイッチを動かしても、天井の照明はつかないし、冷蔵庫は扉がしっかり閉まっているにもかかわらずうっすら悪臭がするので、開ける気になれなかった。

ほかになにもないので、しかたなくまた蛇口から水を飲んだ。それから、自分に腹を立てて小さくうなると、戸棚からコップを取りだした。コップに注ぐと、水はほとんど透明になっていたので、そのまま飲み干した。

〝さてと〟またもや恐怖がこみあげてくるのを抑えながら、セスは考えた。〝次はどうする？どうする？　どうする？〟

服だ。次は服だ。そうだ。

まだ二階にいく気にはなれなかった。今はまだ、むかしの自分の部屋を見たくない。オーウェンといっしょに使っていた、この家の部屋は。そこで、またリビングにもどった。階段の下に収納スペースがあったのを、思い出したのだ。食卓のうしろ側にある二枚の小さなスイングドアを開くと、洗濯機と乾燥機が小屋で眠っている家畜みたいにじっとたたずんでいた。乾燥機の中に、グレーのランニングパンツがあるのを見つけて、思わず歓声をあげる。だいぶゆるいが、なんとかなる。だが、上に着るものがない。洗濯機の中は空で、はるかむかしのカビのにおいがした。それから、フックにスポーツジャケットがかかっているのを見つけた。背中のあたりがきついし、袖は肘よりちょっと下までしかなかったが、これでからだは隠せる。さらに、くくりつけの濃い木の棚の上をひっかき回すと、履き古された黒い革靴が片方と、巨大なテニスシューズが片方見つかった。セスのサイズからは程遠かったが、少なくとも右と左だったし、足を入れる余裕はたっぷりあった。

それから、リビングの鏡のところへいった。ホームレスの道化みたいだけど、少なくともこれで裸ではない。

〝よし。次だ〟

そう思ったとたん、腹がおかしな音を立てはじめた。今度は空腹のせいじゃない。気がつくと、また裏庭へ走り出て、はるかに不快なからだの欲求を果たすため、背の高い草むらの隅までいった。だが、差しこむような痛みは、チキンヌードルスープと、腐った豆一口のせいとは思えない。責めさいなむような飢えのせいだ。腹がすきすぎて、気持ちが悪い。

腹の痛みが治まるのを待つだけでもつらいのに、こうして家の外にいると、ひどく落ち着かない気持ちになった。デッキには昨日のまま包帯がとぐろを巻き、草は法外に高く生い茂り、土手の上には鉄条網がめぐらされている。

あの向こうには、刑務所がある。

動けるようになると、すぐに家の中にもどって、固まった食洗機用洗剤と蛇口の冷たい水で、見苦しくない程度にからだを洗った。からだを拭くものがないので、ぼんやりと乾くのを待ちながら、このあとのことを考えた。

今の状態はこうだ。むかしのほこりだらけの家で、食べ物はない。服は冗談みたいな服だし、飲み水は汚染されているかもしれない。

外には出たくないが、ずっとここにいるわけにもいかない。

どうすればいい？

だれか、手を貸してくれる人がいれば。意見を求められる相手が、この奇妙な苦境にいっしょに立ち向かってくれるだれかが。

だが、いないのだ。自分しか。

そして、目の前には、空っぽの戸棚がある。

ずっとここにいるわけにはいかない。食べ物もなく、おかしな服を着た状態では。

天井を見あげた。二階の部屋を見てみようか？

でも、だめだ。無理だ。今はまだ。

セスは黙ったまま、長いあいだ立ち尽くしていた。朝日がどんどんのぼってきて、キッチンを光で満たした。

「よし」ついにセスは言った。「地獄がどんなところか、見てやろう」

第十一章

玄関のドアを引っぱると、ロックがかからないようにするつまみがカチッと開いた。鍵のかかっていない家で一晩過ごしてしまったのだ。ほかに人がいる気配はないとはいえ、セスは不安になった。でも、出かけるときにロックをかけるわけにはいかない。中に入れなくなってしまう。朝日が差す中に出てドアを閉める。鍵がかかっているように見えることを祈るしかなかった。

通りは昨日と同じだった。まあ、正確な〝時〟はわからないわけだから、たぶん昨日、ってことだ。しばらく待って、ようすをうかがう。やはり変わったところはない。そこで、玄関の階段をおり、自分が――自分が、なんだ？　目覚めた場所？　生き返ったところ？　死んだところ？　とにかく、その地点を足早に通り過ぎ、表の歩道に出る小さな門までいった。そして、そこで足を止めた。

あいかわらず静まり返っている。あいかわらずだれもいない。あいかわらず時が止まったままだ。

近所のことを思い出そうとする。右へいくと、駅がある。駅の建物以外たいしたものはない。だが、左へいけば、商店街に出る。前はそこにスーパーがあった。服を売っている店もあったはずだ。別におしゃれな店とかじゃないけど、今、着ているものよりはましだ。

じゃあ、左だな。

左だ。

だが、セスは動かなかった。世界も動かない。

〝左へいくか、家の中で飢えるか、どっちかだ〟

一瞬、後者のほうが魅力的に思えた。

「くだらない。もう、一度死んでるんだ。それ以上悪いことなんて、ないだろ？」セスは声に出して言った。

そして、左へ歩きはじめた。


肩を丸めて歩きながら、両手をスポーツジャケットのポケットに突っこんだ。ポケットの位置が妙に高い。いったいだれのだったんだ？　父親が着ていた覚えはない。でもすぐに、考え直した。あんな子どものころじゃ、服のことなんて覚えているはずがない。

こっそりまわりを見回し、何度も振り返って、あとをつけられていないか確かめる。町へいく通りに出た。例の、道路の真ん中に開いている巨大な陥没穴が雑草の森になっているほかは、あとの場所と同じだ。タイヤの空気が抜け、ほこりをかぶった車。ペンキのはげおちた家。生き物の気配はまったくない。

陥没穴のふちで足を止めた。時々ニュースとかで見る、水道管が破裂してできた穴みたいだ。報道陣がヘリコプターで飛びまわり、間をもたせるために、たいして意味のないことをしゃべりつづけるような。

穴に落ちた車や、縁で止まっている車はない。つまり、穴は、車が通らなくなってからできたってことだ。

〃そもそも車が通ってたことがあるならだけど。この場所ができたのは、おれが死――〃

「やめろ」セスは声に出して言った。「いいから、考えるのはやめるんだ」

ふとある考えがよぎった。ここには、ずいぶん植物が生えている。雑草やらわけのわからない草やらが、自由に、好き勝手に生い茂ってる。途方もなくでかい、この穴の中にまで。

ってことは、つまり――

動物、という言葉が浮かぶ前に、キツネが現われた。


キツネは穴の底で凍りついたようにじっとしていた。草のあいだから、朝日を浴びて目が驚いたように輝いているのが見える。

キツネ。

本物の、血の通った、生きているキツネ。

キツネは警戒したように目をぱちくりさせてセスを見ていたが、怯《おび》えているようすはなかった。今のところは。

「どういう地獄だよ？」セスは小声で言った。

小さな鳴き声がして、三匹の小さな――ええと、なんだっけ、子犬《パップ》じゃなくて――そう、子ギツネ《キッツ》が現われ、ふざけて母ギツネの上に登ろうとしたが、セスが見下ろすように立っているのに気づくと、母親と同様凍りついた。

キツネたちはいつでも逃げられるように、じっとこちらのようすをうかがっている。セスが次にどういう行動に出ても反応できるよう、身構えている。セスのほうでも、どういう行動に出ようか考えていた。キツネたちの赤茶色の顔や、こちらをじっと見つめるきらきらした目を見つめる。これはどういうことなんだ？

しばらくしてセスは穴から離れたが、そのあともキツネたちは彼から目を離さずに、通りのほうへもどっていくのをずっと見送っていた。

〝キツネ。本物のキツネだ〟

あのとき、セスはちょうどキツネのことを考えていた。

まるでセスが、キツネたちを呼びだしたみたいだった。

セスはうつむいたまま、ますます疑い深げに目だけ動かしながら、商店街へ急いだ。草むらや、伸び放題の芝生や、舗道の裂け目から生えた雑草の中から、いつなにが飛びだしてくるかわからない。

が、なにも現われなかった。

また、疲れてきた。早い。いくらなんでも早すぎる。ようやく、歩行者専用になっている商店街までたどり着くと、セスはほとんど崩れるように近くにあったベンチにすわった。短い坂をのぼっただけですっかり息切れしている。

自分に腹が立った。ボズウェル高校では三年間クロスカントリー部に入っていたし、ランニングは母親譲りの趣味であり習慣だった。それで二人の距離が縮まったかと言われれば、なぜかそうはならなかったが。確かにそこまで真剣に走っていたわけじゃないし、ボズウェル高はいつも大敗していたけど、それにしてもだ。こんな道路を歩いただけで、息切れするなんて。

まわりを見回す。商店街という名前はついていたが、実際はしょぼくれた縦長の広場で、両端に金属の支柱があって、車が入れないようになっていた。母親はよくセスとオーウェンを連れてここで買い物をしていたが、出店が一センチの隙間もないほどぎっしり立ち並び、砂糖コーティングしたアーモンドや、ポップコーンや、手作りのろうそくや、関節炎を治す腕輪や、いろいろな国の時計や、まだ幼児だったオーウェンすら下手だと言った絵などが売られていた。

でも、今はなにもなかった。だだっ広いがらんとした広場には、今ではすっかり見慣れた雑草が生い茂り、ほかの通りと同じように、両側にだれも住んでいないように見える建物が並んでいるだけだった。

セスはまだベンチから立ち上がれなかった。

自分がキツネをつくりだしたのではない。そうじゃない。雑草の中に隠れていただけだ。それを見つけた。ただそれだけのことだ。ここにきてから、山のようにいろいろなことを考えた。両親のこと、オーウェンのこと、グドマンドとHとモニカのこと。暖炉の上にかかっている絵を見たときは、おじさんのことさえ思い出したけど、だれひとり、いきなり現われたりしなかったじゃないか。

ここには野生の植物が生えてる。それに、どこをどう見ても、イギリスだ。だとすれば、キツネがいたっておかしくない。だろ？　キツネはイギリスにいる生き物だ。ここに住んでいたとき、キツネが妙に大人っぽい超然としたようすで通りを歩いているのをよく見かけた。だからもちろん、ここにはキツネがいる。そうだろ？

でも、キツネはなにかを食べなきゃならない。セスは、レンガの囲いに植わっている木をしげしげと眺め、小鳥か、もしかしたらリスかネズミでもいないかと探した。いるはずだ。キツネが一匹いるなら、小動物はもっといないとおかしい。動物じゃないにしろ、なにかがいるはずだ。だろ？　本当におれがキツネをつくりだしたわけじゃないなら――

「おい」声を出して、考えを断ち切ろうとしたが、消化しきれない思いが残った。

「おい」なぜ言うのかわからないまま、どうしても言いたくて、もう一度言う。

さっきよりも大きな声で。

「おい！」セスは立ち上がった。

「おい！」

手を握りしめ、何度もさけぶ。のどがひりひりするまで。声が嗄《か》れ、出なくなるまで、さけびつづける。

そして初めて、顔が涙で濡れているのに気づいた。

「おい」もうささやくような声しか出ない。

だれも答えない。

小鳥もリスもキツネも子ギツネも。

だれからも、どこからも、返事はない。

セスはひとりだった。

のどの痛みに耐えてつばを飲みこむと、セスはなにがあるか、見にいくことにした。

第十二章

商店街の店は、すべて鍵がかかっていた。太陽はすっかり明るくなり、手をかざすようにして、ウィンドウの中をのぞく。ドーナッツ屋、サンドイッチの〈サブウェイ〉、〈トップショップ〉という店。すっかり空っぽの店も多く、なにもないラックやがらんとした棚があるだけで、床に包装紙が散らばり、もしくは、はだかのマネキンが壁ぞいに並んでいる。

でも、ぜんぶがそうではなかった。リサイクルショップは見たところ、物であふれていた。とはいえ、ティーカップ一式とか、カビの生えた文庫本がいるならの話だ。ウェディングドレスしか売っていない店もあったが、いくら地獄でも、あれを着るのは、あまりに非実用的だろう。

となりはアウトドア店だったが、ガラスの中を見たとたん、心臓の鼓動が速くなった。

「うそだ。うそだろ」

リュックとキャンプ道具が見える。ほかにも、超便利なものがあるにちがいない。

い、い、い、できすぎてる。そう考えて、すぐにその考えを押しやった。アウトドア店なんて、世界中にある。どこだってあるのに、ここだけにない理由があるか？

ガラスのドアには鍵がかかっていた。ガラスを割るのに使えそうなものを探して見回すと、並木の根元を囲っているレンガが、いくつかゆるんでいるのが目に入った。ひとつ拾いあげる。ところが、こんなにだれもいないがらんとした場所でも、これからすることに対する抵抗感は強く、セスは何度か、ただレンガを投げあげては受けとめた。野球とバスケなら体育の授業でしたことがあるが、野球は死ぬほどたいくつで、バスケのほうが走りまわったりどなったりするぶん、そこそこ楽しかった。ほかの子たちが真剣にやってるから、こっちはほどほどにやればじゅうぶんだったし。でも、物を投げるくらいならできるし、しかも、うまく投げたり遠くに投げたりしなくちゃいけないわけでもない。

それにしても、だ。店のドアに向かって投げるとなると――

もう一度まわりを見回す。やっぱりだれもいない。

「だめもとだ」セスはささやくように言った。

そして、うしろにからだをそらしてから、思いきり投げつけた。

世界を終わらせるような大きな音を立てて、ガラスは割れた。セスはとっさにしゃがみこんで、言い訳しようとした。わざとじゃないんです――

が、もちろん、だれもいない。

「バカか」恥ずかしくなって照れ笑いを浮かべた。そして、立ち上がると、とにかくなにかはやり遂げたという気持ちでわずかに胸をそらせ、穴の開いたドアのほうへ歩いていった。

と、いきなり、黒い大群がキィキィ鳴きながら飛びだしてきて、目にも止まらぬ速さでセスの頭をかすめていった。セスは地面に倒れ、頭を抱えて、言葉にならない恐怖でわめきちらした――

黒い群れは飛びだしてきた勢いのまま、あっという間に飛び去り、ふたたび静かになった世界にセスの荒い呼吸の音だけが響いた。

見あげると、パニックを起こした群れは一塊になって、シャッターの閉まった本屋の屋根の向こうに消えるところだった。

コウモリ。

ただのコウモリじゃないか。

セスはひとりでゲラゲラ笑いながら立ち上がると、まだドア枠に残っていたガラスのかけらを蹴り落とし、かがんで中に入った。


そこは、宝の洞窟だった。

セスは、ウィンドウに飾られているリュックをつかんだ。そのとなりに、壁いっぱいの懐中電灯があるのを見て最初興奮したが、電池がどこにもない。それでも大きいものをひとつ取った。長くてずしりと重く、光がつかなかったとしても、武器になりそうだ。そのそばで、非常用食品も見つけた。おそろしくまずそうなフリーズドライさせた牛肉の煮こみとか、乾燥野菜の入ったスープとか、そんなものばかりだが、ないよりましだ。料理に使うキャンプ用のガスコンロもいくつか積み重ねてあったので、手に持っているときに爆発したりしないことを祈りつつ使ってみることにした。

店は、セスの家よりしっかりと戸締まりしてあったらしく、ほこりも少なかった。救急箱が並んでいるところにはほとんどほこりはなく、セスはひとつ取って、リュックに入れた。それから、ふと思いついて、もうひとつ取ってふたを開けてみた。包帯やアルコール消毒綿など、ありふれたものが入っていたが、思ったとおり、奥に〈導電性テープ〉というラベルの貼られた包みがある。歯で嚙んであけると、包帯が床に落ちた。

いちいち拾わないでも、裏側が金属の箔で覆われているのが見えた。

もう一度空袋を見てみたが、〈導電性テープ〉という名称以外なにも書かれてない。あとは、どうやって肌に接着させるか、説明図がついているだけだ。用途や効果や、どうしてあんなにぐるぐるからだに巻きつけるのかについては、何の説明もない。

「導電性テープ」

まるでわかりきってるから説明なんて必要ないみたいに。

拾いあげる気になれなかったので、セスはテープをそのままにして、店の奥の服がかかっているラックのほうへいった。

服がたくさんあるのを見て、思わず声を出して笑ってしまった。下着まである。もちろん保温下着だから、夏にはちょっと暑いかもしれないが、そんなことをあれこれ考える前に、汚れたランニングパンツを脱いで、新しい下着を穿《は》いていた。ひんやりとした清潔な感触に、思わずすわりこみたくなる。

あとの服は登山かハイキング用らしかったが、Tシャツと短パン、それから高級そうな全天候型ジャケットがあったので、それを取った。古いランニングパンツの代わりになるものは、単にそれより値段の高いランニングパンツがあるだけだったが、少なくともこれなら日雇い労働者っぽくは見えないだろう。靴下も、数え切れないほどの種類があった。

足に合う靴を見つけるのは、もう少し時間がかかった。アンモニア臭を発散しているコウモリの糞をかき分けて奥の商品倉庫までいって、自分のサイズのものを探さなきゃならなかったからだ。とはいえ、そんなにかからずに上から下まで調《ととの》えることができた。セスは荷物をすべてつかむと、外の日差しの中に出ていった。

すぐに、汗だくになった。こんな厚着をするには暑すぎる。

でも、気にならなかった。目を閉じ、太陽の日差しをたっぷりと浴びる。もう裸じゃない。汚れた包帯も巻いてないし、そこまでほこりだらけでもない。清潔な服を身につけ、新しい靴を履いて、死んでから初めて人間らしい気持ちがしていた。

第十三章

商店街のいちばん先にあるスーパーは、ほかの店より奥行きがあって暗かったが、それでも、正面のガラスを通して、棚になにかは並んでいるのが見える気がした。リュックを持ち直したひょうしに、バカみたいに服や道具類を詰めこんでしまったことに気づいた。これじゃ、食料品を入れるスペースがない。リュックを下ろして、あとで取りにくればいいものを出そうとしたとき、壁際に置いてあるものが目に入った。

あれでいい。

錆びついたショッピングカートを、すっかり固まった列から離すのに十五分近くかかったが、ようやく外して押してみると、力を入れれば車輪が動くことがわかった。

レンガを投げるのも、二回目のほうが楽だった。が、中に入ると、店内は思ったよりも暗かった。天井が低くて、商品の棚のせいで視界が遮《さえぎ》られ、奥になにかが潜んでいたとしても、これじゃわからない。さっきのコウモリのことが頭をかすめる。キツネよりも大きな動物がいたら、どうする？　イギリスには大型の肉食獣はいたっけ？　アメリカで住んでいたあたりには、森にピューマやクマがいたが、いくら考えても、イギリスに危険な生き物がいるかどうか思い出せなかった。

静寂に耳を澄ませる。

なにも聞こえない。聞こえるのは、自分の呼吸の音だけだ。電気の流れるブーンという音も、なにかが動き回っているような音もしない。でも、ドアのガラスが割れた音で息を潜めている可能性はある。

セスは待った。でも、やはりなんの音もしない。

なかなか動こうとしないカートを押して、通路を歩きはじめた。

青果コーナーは、なにもなかった。売り場はぽっかりと口を開け、棚の底のほうにすっかりしなびた正体不明の果物と野菜がいくつか転がっているだけだ。通路から通路へ歩いていくうちに、さっきまでの希望が少しずつしぼんでいった。確かに棚にものはあるが、家のキッチンの棚にあるものと状態はたいして変わらない。触ったらボロボロに崩れそうなほこりだらけの箱、中身がすっかり黒ずんだトマトソースの瓶。たまご売り場はばらばらに壊されていた。腹を減らした獣のしわざだろう。

それでも、角を曲がると、ようやく朗報があった。電池だ。山のようにある。腐食しているものが多かったが、使えそうなものもあった。何回か試したあと、ついに懐中電灯の光がついた。

〝トーチだったな〟セスは思いながら、長くて暗い通路を照らした。床に小麦粉が散らばっている。〝イギリスじゃ、懐中電灯はフラッシュライトじゃなくて、トーチって言うんだった〟

カートの上にうまく懐中電灯をのせると、まだ見ていないところを回りはじめた。ペットボトルの水を見つけたが、あとはたいしたものはなかった。そのうち、いくら探しても、役に立つものなどたいして見つからないことに気づいた。パンは包装袋のなかでしぼんで消え失せていたし、コンセントの入っていない冷凍ケースは腐ったオリーブみたいなにおいの黒いカビにびっしり覆われ、クッキーやクラッカーの箱はほこりだらけで、なんとか望みがありそうなのは、缶詰が並んでいる二本の通路だけだった。

ここでも、ほとんどの缶がとても食べられそうにないほど錆びているか、ぱんぱんに膨らんでいるかで、中でバクテリアが繁殖《はんしょく》している音が聞こえそうな気がした。けれども、懐中電灯で棚の上から下まで照らしていくと、ほこりはかぶっているものの、まともそうなものも見つかった。スープやパスタ、トウモロコシや豆の缶詰をどんどんカートに放りこんでいく。カスタードの缶詰を見つけたときは、嬉しくてたまらなかった。結局のところ、缶詰はかなりあったので、それなりの量を運ぶには何度か往復しなければならなそうだった。

つまり、これで食べるのに困ることはない。しばらくのあいだは。

どのくらいここにいることになるかによるが。

ふいにスーパーの暗さと静けさに、懐中電灯の心強い重みを手に感じていてもなお、耐えられなくなった。この圧迫感と重苦しさに。

「やめろ」セスは自分に言った。「そんなふうに考えてると、頭がおかしくなるぞ」

しかし、セスはカートのうしろに体重をかけると、外の昼間の光のほうへもどりはじめた。


またからだが疲れてきたのがわかった。それに、空腹がいよいよ本格的になって、昨日ののどの渇きと同じくらい激しい。スーパーの角を曲がったところから草地があるのが見えて、小さな公園があったことを思い出し、坂道を下って、噴水や散歩道のある小さな谷へおりていった。

それから今度は、うんうんうなりながらカートを押して、公園のいちばん高いところまでいった。案の定ここもジャングルみたいに草木が生い茂っていたが、なんとか元の姿はとどめている。すぐそばの小さな砂場まで残っていて、そこだけが、雑草から逃れていた。

「ここでいいや」セスは言って、リュックを下ろした。

そして、説明書に従ってキャンプ用コンロをセットすると、ガスは残っていたらしく、五分後にはスパゲティの缶が温まった。缶は、やはりスーパーから持ってきた、家にあったものよりはるかに錆びの少ない缶あけで開けておいたが、スパゲティが沸騰《ふっとう》したときになって、フォークやスプーンを持ってこなかったことに気づいた。結局、コンロのスイッチを消して、冷めるまで待つしかなかった。

カートからペットボトルの水を取り、太陽のほうにかざしてみた。水は澄んでいるように見える。少なくとも、家の蛇口の水よりきれいだ。でも、封は切られてないのに、水は半分くらい蒸発していた。パキッと音を立ててふたを開けると、ボトルからシュウウという音がした。においも大丈夫そうだ。そこで、一口飲んで、眼下に広がる公園を見下ろした。

草が生い茂っていることをのぞけば、確かによく知ってる風景だった。でも、〝よく知ってる〟って、この場合どういう意味だ？　ここは、セスが子ども時代に住んでいた町を、時だけ止めてしまったように見える。でも、だからといって、同じ場所だってことにはならない。

どう考えても、現実にしか見えない。確かな感触もあるし、においもちゃんとする。でも、この世界にはセスしかいないみたいだ。なのに、現実のはずがあるか？　ほこりをかぶった古い記憶の中に捕らわれているだけだとしたら？　そもそもどこかに存在するような〝場所〟じゃないとしたら？　最期の死の瞬間が永遠になったとき、こうなるものなのかもしれない。人生で最悪の時を過ごした場所が、永遠に凍りついて、本物の死を迎えることのないまま朽ち果てているのかもしれない。

もう一口水を飲んだ。でも、この場所がなんにしろ、どこもかしこも本当にあった公園にそっくりだ。砂場と、端にある小さな遊び場、急すぎて楽しくない斜面。いちばん広い坂の下にはレンガの塀があり、スケートボーダーすらすべろうとしないので、商店街で働いている人たちのタバコ休憩の場所になっていたはずだ。

ふもとのインゲンマメの形の池も、まだある。意外なくらい澄んでいる。イメージ的には藻《も》で覆われていてもおかしくない気がしたけど、実際はいかにも涼しそうで、暑い夏の日にはひどく魅力的に見えた。真ん中に岩があって、前はいつもカモたちが占領して羽づくろいをしていた。今日は一羽もいないが、さんさんと太陽が照り、こんな天気がよくて暖かい日だと、今にも舞い降りてきそうな気がした。

セスは空を見あげた。こうやって考えることで、本当にカモが現われるかもしれないと半分期待したが、カモが現われる気配はなかった。

ハイキング用の服のせいで暑いし、池がいかにも気持ちよさそうなので、一瞬、飛びこんで、泳ごうかという考えがよぎった。風呂代わりにからだを洗って、ぷかぷか浮かんだり、水中にもぐったり――

セスははっとした。

〝もぐる〟

その恐怖は、純粋なまったき恐怖で、決して終わることはないように思えた。いつか終わりがくるとわかれば恐怖にも耐えられるが、あの凍るように冷たい波にもまれているときは、終わりなど見えなかった。海の無慈悲なこぶしは、彼のことなど無視して、木の葉のようにもてあそび、水中に引きずりこんで、肺へ入りこみ、最後、岩に打ちつけた――

手をうしろに伸ばして、肩甲骨が折れたところに触れてみた。そのときの痛みは覚えていたし、骨が折れるときの取りかえしのつかない音も覚えていた。思い出すだけで、軽い吐き気がするほどだ。でも今、肩は元どおりの場所にあって、ちゃんと動く。

それから、自分の死体はどこにあるんだろう、と思った。

ここがどこであれ、自分が死んだ場所ではない。おれのからだはどこにあるんだ？　死体はもう岸に打ちあげられているだろうか。だが、海や海岸を探せば彼が見つかるということすら、だれも知らないのだ。本来なら、あんなところにいるはずないんだから。セスだけじゃない。あんな季節にあんな場所にいる人間はいない。凍えるような寒い冬に、岩だらけの荒れくるう海？　海に近寄る者すらいないのに、中に入るやつなんているか？

無理やりでもないかぎり。

だれかに強制されないかぎり。

また腹が痛くなってきた。海での最後の瞬間を思い出したせいで、ますます気分が悪くなる。ペットボトルのふたを閉め、ようやく食べられるくらいまで冷めたスパゲティを食べることにした。口に直接流しこむと、垂れて新しいTシャツがべちゃべちゃになったが、どうでもよかった。

両親はどんなふうに知っただろう？　死体が発見されるまで、長いあいだ行方不明だったんだろうか。いきなり警官が訪ねてきて、帽子を抱え、入っていいでしょうかと言ったんだろうか。それとも、彼が帰ってこないので、どんどん不安をつのらせ、なにか悪いことが起こったにちがいないと悟ったのだろうか。

それとも、もしここの時間と向こうの時間が同じように過ぎるなら——いや、ここは夏で、向こうは凍えるように寒い冬だったことを考えれば、そうは思いにくい。それに、地獄にいく前の煉獄の段階がどのくらい続くのかもわからない。だとしても、死んだのは一昨日《おととい》の夜か、昨日の早朝ってことはじゅうぶんありえる。その場合、両親がまだ気づいていない可能性はある。週末に友だちの家へ遊びにいってると思っているかもしれない。オーウェンがクラリネットのレッスンにいったり、母親がランニングに出かけたり、父親がバスルームの改装に取りかかろうと決意したりしているのに取り紛れて、セスがいないことにまだ気づいてないかもしれない。

これまでだって、彼にはあまり関心を払ってこなかったのだ。あのことがあってから。

それどころか、もしかしたら、溺れたのがオーウェンでなかったことにうしろめたい喜びさえ覚えるかもしれない。もしかしたら、セスを見るたびに、引っ越す前の、あの夏のことを思い出さずにすむようになって、少しほっとするかもしれない。もしかしたら――

セスは空になったスパゲティの缶を置くと、袖で口をぬぐった。

それから、もう片方の袖で目をぬぐった。

〝死ぬ前に死ぬってこともあるんだ〟

公園を歩いている人はだれもいなかった。彼が砂場の縁にすわっているのを見る人間は、いない。それでも、セスは膝の上に顔を伏せた。もう一度、泣かずにはいられなかったから。

第十四章

「とにかくさ、あれ見てよ」モニカは言った。セスたちは丘の、クロスカントリーのコーチから死角になる場所に寝そべって、アメフトのグラウンドでチアリーダーたちが練習しているのを見ていた。「手術でもしないかぎり、あんなに胸がツンと立ってるとか、無理だから」

「空気に秋の寒さがあるせいさ」Hが今朝、国語のエドソン先生の言ったことを真似した。「あらゆるものを、硬くするのさ」

モニカはHの頭をひっぱたいた。

「いて！　どうしてたたくんだよ？　やつらを見ろって言ったのは、おまえだろ」Hは文句を言った。

「あんたに言ったんじゃないわよ」

三年になって二週目、九月の最初だった。全員の合意により、セスたちはいつもの近道を通って、練習コースのゴール近くの、見るところから見れば丸見えのところに隠れていた。もどるはずの時間まで、あと二十分ある。この時期にしては珍しく澄んだ青い空に太陽が輝いていたが、海から吹いてくる風のせいで空気にキンとした冷たさがあった。

こんな日のことを美しい日って言うのかもな、とセスは思った。

「寒さのせいで硬くなってるって？」グドマンドはHに言って、また草の斜面の上に寝そべった。

「だから、おまえのは秋じゅう立ってんのかよ」

「っていうより、一年じゅう」モニカがボソッと言った。

「安全に気をつけてんならいいけど」

モニカはじろりとグドマンドをにらんだ。「あたしにHの子どもができるって？」

「おい、そういうこと言うなよ」Hが言った。

「また始まったよ」セスが言う。

四人はまたグラウンドのほうを見た。ボズウェル高のブロンド&ブラウンヘア軍団が練習を再開した。まあ、〝軍団〟じゃひどいか、とセスは心の中で思った。むしろほとんどがいい娘《こ》だ。でも、セスたちが見ていると、あまり性格がよくないキアラ・ライトハウザーがグループから離れて、校舎のほうへもどっていくのが見えた。

「どこいくつもりだ？」グドマンドが言った。

「マーシャル校長に放課後の手こきをしてやんのを、忘れてたんだろ」Hがクスクス笑った。

「わ、やめて。キアラって、マジで純潔とか考えてるタイプなんだから。ブレイク・ウッドローにブラも触らせないのよ」

グドマンドは肩をすくめた。「やるな」

モニカは笑ったが、グドマンドがなにも言わないので、探るようにグドマンドの顔を見た。「まさか本気で言ってんの？」

グドマンドはまた肩をすくめた。「少なくとも自分の主義はあるってことだろ。それはそれでいいことじゃないか？　だれかが、おれらみたいな人間の埋め合わせをしてくれないと」

「グドールコーチに捕まったら、そう言うか」グラウンドの向こうで、コーチがイライラしたように時計を見ているのに気づいて、セスは言った。三年生のランナーたちが、今日最初の長距離の練習から帰ってくるようすがないのをふしぎに思ってるんだろう。

「主義を持ってることは、ちっとも悪くないわよ。でも、それをほかの人間をバカにするのに使うのは、どうよ？」

「それは彼女の主義にすぎない」グドマンドは言った。「だから、別に言うことをきく必要はない」

モニカは答えようとして口を開けたが、それから、はっとして口をさらに大きく開け、面白がるように言った。「キアラが好きなのね」

グドマンドは大げさに、まさかって顔をしてみせた。

「そうなのね！」モニカはほとんどさけんでるのに近い声で言った。「うそでしょ、グドマンド、それって強制収容所の監視人を好きになるようなもんよ！」

「好きとは言ってないだろ。くだらない。やろうと思えばやれるってだけだ」

セスはグドマンドのほうを見やった。

「やれる？」Hが言った。「それって——」そして、腰を突く動作をしたので、みんな、しらけてしんとなった。「なんだよ？」みんなに見つめられて、Hは言った。

モニカは頭を振った。「百万年たっても無理よ。あの子、まるで人生には決められた分の楽しみしかないから、高校ではいっさい使うつもりはありませんって感じだもん」

「そういう子がいちばん簡単なんだよ」グドマンドは言った。「道徳ラインが超高いところに設定してあるから、ちょっと押せば倒せるんだ」

モニカはもう一度頭を振って、いつもやるみたいにグドマンドに向かってふっと笑った。「勝手に言ってれば」

「じゃあ、こうしようぜ」Hが急に身を乗りだした。「賭けよう。な？　グドマンドはいつまでにキアラ・ライトハウザーとねるか？　春休みまでとかにする？　おまえならぜったいできるよ。あの女に〝かいじゅうたちのいるところ〟を教えてやれ」

「自分はそこまでの地図も見つけられないくせによく言うわ」と、モニカ。

「おい！」Hは不満げな低い声で言った。「おれたちのことをぺらぺらしゃべるなって言ってるだろ？」

モニカはむっとして、背中を向けた。

「どう思う、セッシー？」話をそらそうとして、グドマンドが言った。「賭けに乗るべきか？　キアラ・ライトハウザーを落とす？」

「で？」セスは言った。「それで、実はキアラが優しい子だってことに気づいて、マジで好きになって、でも賭けのことがバレてふられて、雨の中キアラんちの外に立って、特別に作った曲を弾いて、プロムの夜にダンスを踊って、学校だけじゃなくて傷ついた全世界に本当の愛の意味を教えるってか？」

セスはそこでやめた。三人が自分をまじまじと見ていたからだ。

「わお、セス」モニカが感心したように言った。「傷ついた全世界。今度のエドソンのテストんとき、そのフレーズ使わせてもらうわ」

セスは腕を組んだ。「グドマンドがキアラ・ライトハウザーとセックスするかどうか賭けるなんて、おれたちが一生観ないようなダサい青春映画みたいだって言ってるんだ」

「図星だな」グドマンドが言って、立ち上がった。「どっちにしろ、キアラはおれにふさわしくない」

「確かにね。学校一カッコよくて、金持ちで、人気のある男と付き合ってるのに、それ以上罰を与えることないもんね」

Hがバカにしたような声をあげた。「ブレイク・ウッドローはそんなにカッコよくないぜ」

みんなはまた、Hをじっと見つめた。

「それやられると、ウザいんだよ！　おれが言うことはぜんぶバカかよ？　ブレイク・ウッドローは女みたいな髪型して、穴居人みたいなおでこをしてるだろーが！」

さらに沈黙が続いたあと、モニカがうなずいた。「まあね、確かに。それは認める」

「それに、グドマンドがその気になりゃ、キアラなんてすぐ落とせる」そう言って、Hも立ち上がった。

「ありがたいな。おまえの口からきくと、ほとんど誉め言葉だよ」と、グドマンド。

「試してみる気もなし？」Hは惜しそうに言った。

モニカがまた、Hをたたいた。「しつこいわね。キアラのことは大きらいだけど、商売女じゃないんだから。店の棚から取ってくるみたいな言い方すんのは、やめなさいよ」それから、グドマンドを見た。「あんたもよ」

「本気じゃないさ、フェミニストさま」グドマンドはにやっと笑った。「できる、って言っただけだ、やろうと思えばね」

モニカはベエッと舌を出し、グラウンドを突っ切ってトラックのほうへ走っていった。Hもすぐあとに続く。二人ともこの三十分、ずっと走りつづけてましたって顔をしている。

グドマンドがちらりとセスを見た。セスが真面目な顔でずっとグドマンドを見ていたからだ。

「おれには無理だって思ってる？」

「そんなことしたら、モニカは嫉妬で窒息死するよ」セスは言って、グドマンドといっしょに、グラウンドを突っ切りはじめた。

グドマンドは首を振った。「ないって。モニカとは兄妹みたいなもんなんだから」

「妹とあんなにいちゃつくか？　モニカはおまえのことが好きで好きで、ずっと歯痛を抱えてるみたいな状態なのに」

「おい、嫉妬深いのはモニカのほうか、セッシー？」グドマンドはセスの肩をふざけてパンチした。「ホモやろう」

でも、その言葉を言うとき、グドマンドは笑っていた。

そして二人は、どなっているグドールコーチのほうへ走っていった……。

第十五章

セスははっと頭をあげた。

世界は変わっていなかった。太陽はまだ同じ位置にある。眼下に広がる公園も、変わらず草木が生い茂っている。うとうとしていた感覚すらない。

セスはうめいた。目を閉じるたびにこうなるのか？　どれもこれも苦痛だ。苦痛の種類はちがうけど――つらすぎるからか、幸せすぎるから。

地獄。セスは自分に言い聞かせる。ここは地獄だ。ひどいところに決まってる。


荷物を集め、カートを押して商店街のほうへもどりはじめた。また疲労感が襲ってきた。

「マジかよ」防寒着と肩にかけたリュックとカートの缶詰の重さのせいで、汗がだらだら流れてくる。スーパーの入り口で止まって、スパゲティのしみのついたTシャツを新しいものに着替え、それから缶詰の半分を地面に下ろして、あとで取りにもどることにした。

額の汗をぬぐい、また水を飲んだ。商店街にはなにひとつ、動いているものはない。アウトドア店に侵入するとき割ったガラスは散らばったまま、太陽の光を反射して光っている。コウモリはとっくにどこかへ飛び去ってしまった。残っているのは、雑草と静寂だけだ。

ありあまるほどの大量の静寂。

またた。奇妙な感覚。脅威。明らかにおかしいとわかるもの以外にも、この場所につきまとうなにか変だという感じ。

また刑務所のことを考える。向こうの、見えないところで、彼を待ち受けている刑務所。巨大で重く、それ自体重力を持っているかのように、彼を引き寄せようとしている——

今は、食料を家に持って帰るんだ。

そう、帰るんだ。

カートを押して商店街を歩いていくうちに、疲労はどんどんひどくなっていった。どう考えてもおかしい。これじゃ、大病をしたあとみたいだ。例の陥没穴までもどってくると、キツネと子どもたちはとっくにいなくなっていた。そのころにはマラソンしたみたいな気分で、いったん休んで水を飲まないとならなかった。

自分の家のある通りに入った。家の門が近づいてくるにつれ、カートはますます重くなる。このまま歩道に置いていくのは気が進まなかったが、これ以上どうしても運べなかった。そこで、リュックと懐中電灯と缶詰を二個だけ持って玄関へ向かった。

ドアはまた触れただけで開いた。懐中電灯を振りあげ、だれかと出くわしたときのために、殴る準備をする。廊下はあいかわらず暗く、懐中電灯の光をたよりに入っていく。カスタードの缶詰の中身が大丈夫そうなら、今回はそれを温めようか。最後、カスタードを食べたのはいつだっけ——

セスは凍りついた。

懐中電灯の光が階段にあたっていた。きちんと階段を見たのは初めてだ。まともな光の中で見えたのは――

足跡だ。

ほこりの上に、階段をおりてくる足跡がついている。

セスはひとりじゃない。ほかにもだれかいるのだ。


慌ててうしろに下がったせいで、新しいリュックがぶつかり、ドアが閉まってしまった。一瞬、パニックになる。だれかもわからない相手と閉じこめられた。うしろを向いてドアを開け、カスタードの缶をほうり投げて、玄関の石段を駆けおりると、うしろをちらりと見る。どんなやつにしろ、追いかけてきたら、撃退するしか――

カートの横でゼイゼイ息をつきながら、懐中電灯をこん棒のように前に突きだして持った。アドレナリンで震えながら、戦えるよう構える。

だが、だれもいない。

だれも追いかけてくるようすはない。だれも攻撃してこない。家の中からは、物音ひとつしない。

「おい!」セスはさけんだ。「いるのは、わかってるんだ!」ますます強く懐中電灯を握りしめる。「だれだ? だれなんだ?」

やはり、答えはない。

もちろん、あるわけがない。たとえだれかいるにしろ、わざわざ名乗るはずがない。

セスは心臓をバクバクさせながら左右の通りを見渡した。どうすればいい? 通りぞいの家はすべてドアが閉められ、カーテンが引かれている。これぜんぶに、だれかが隠れていることだってありえる。結局のところ、だれもいないわけじゃないのかもしれない。もしかしたら待っているのかもしれない、セスが――

セスはそこではたと立ち止まった。おれがなにをするのを待っているっていうんだ？

この通り、並んでいる家々。人間がいるはずがない。いたら、なんの形跡も残さずにすむはずはない。どう考えたって無理だ。土にはなんの跡もついていないし、草木が折れたり、庭の道が掃除されたようすもない。人は出かけなければならない。もし出かけないなら、必要なものを持ってきてもらわなければならない。

だが、長いあいだ、セス以外の人間はこの通りを歩いていない。

玄関のほうを振り返った。飛びだしてきたときのまま開いている。

セスは待った。さらに待った。

なにも変わらない。なんの音もしない。なんの動きもない。動物すらいない。空は真っ青に晴れわたり、太陽はさんさんと照って、セスが怖がっているのをバカにしているみたいだ。そうしているうちに、少し落ち着いてきた。事実は事実だ。一日か二日か、とにかくここにいるあいだ、なにも見ていない。ほかの人間がいると示すものはなにひとつ、見ていないのだ。

少なくとも、今はまだ。

それでも、彼は待った。

そしてとうとう、アドレナリンが引きはじめ、さっきまでのだるさがもどってきた。横にならなければ。とにかくそれだ。あと、なにか食わなきゃならない。この弱ったからだをなんとかしないと。そのせいで、よけい面倒になってるんだ。

それに、動かしようのない事実として、ほかにいくところがあるのか？

懐中電灯を前に構えたまま、ゆっくりと玄関までもどって石段をあがり、ドアの前に立った。いったん足を止め、中の階段を照らしてみる。こうやってじっくり見ると、足跡がよく見えた。いちばん上の段から下へおりてきている。くっきりとついている場所もあれば、足跡の主《ぬし》がよろめいたみたいにほこりがぐしゃぐしゃになっているところもある。

下へおりている。上へはもどっていない。足の先は一方向にしか向いていない。

「すみません」さっきよりためらいがちに、セスは言ってみた。

じりじりと中へ入っていって、リビングの入り口へ向かう。心臓がバクバクしている。懐中電灯でいつでも殴れるよう準備をして、リビングのほうへ曲がる。

でも、だれもいなかった。セスが触ったところ以外、なにかがいじられているようすもない。リビングも、ダイニングルームも、棚の上のものも、なにひとつ動かされていないし、キッチンのものもさっき出ていったときのままだ。裏口から外も見てみたが、やはり同じで、金属の箔のついた包帯があいかわらず折り重なるように落ちているだけだった。

つまり、足跡はずいぶん前からついていたってことかもしれない。そう思って、セスは少しほっとした。ずっと前からあったのかもしれない、おれが――

セスはハッとした。

〝おれがよろめきながら階段をおりたときより前から――〟そして、この言葉の意味がいきなりはっきりする。

中にもどって、階段のいちばん下に立つ。そして、足跡を、そう、靴を履いてないはだしの足跡をじっと見つめる。

靴を脱いで、新しい靴下も脱ぐ。そして、いちばん低い段のほこりについた足跡に、足を重ねる。

　ぴったりだ。まったく同じだった。

　セスは初めて、階段の上へ目をやった。最初、ここにきたときからずっと、二階にあがると思うだけで恐怖がこみあげた。子どものころ、オーウェンと使っていた狭苦しい屋根裏の寝室。あの部屋でひとりぼっちで過ごした夜。オーウェンを取りもどせるだろうかと考えながら。生きて取りもどせるだろうか、と。

　でも、どうやら二階にはすでにいっていたってことらしい。

　庭の道の上で目覚めたのは、死んだあとのわけのわからない数時間のあいだに〝よろめきながら〟階段をおりたからにちがいない。そのまま廊下を歩いて、外の太陽の光の中に出て、道の上に倒れたのだ。

　あの、目を覚ました場所に。

　つまり、死んだあと、目を覚ましたのは、あれが最初じゃなかったってことだ。

　懐中電灯で階段の上を照らしてみたが、階段の上のバスルームのドアより先はよく見えなかった。ドアはぴったり閉まっている。バスルームはキッチンの上にあり、そこから反対向きに廊下が延びて、書斎と、今いる場所のちょうど上あたりに両親の寝室があって、さらにもう一階上に屋根裏があった。

　おれは上でなにしてたんだ？

　それにどうして、逃げてきたんだろう？

　リュックをおろして床に置くと、自分の足跡を避けて、階段のいちばん下の段に足をのせた。

一段あがる。そしてまた一段。懐中電灯を前に突きだすように持ち、バスルームのドアの前までいく。下から細い光が漏れている。ドアをあけると、バスルームの窓から差しこむ光が廊下にあふれた。

バスルームの床はむかしと同じ、趣味の悪いワインレッド色のリノリウムだった。母親はいつも文句を言っていたが、父親は結局、そこまで手が回らなかった。床のほこりに足跡はついていないし、なにかを動かした形跡もない。光が入るようにドアをあけたまま、階段の上まで引き返した。廊下の向こうから自分のはだしの汚れた足跡が、こっちへ向かって続いている。

なぜそうするのかよくわからないまま、自分の足跡を注意深く避けて、廊下を歩きだした。手前の右側にある書斎をのぞいてみる。記憶にあるとおりで、母親が断固としてアメリカには送らないと言い張った、おそろしく古い書類用キャビネットから、今では笑えるくらい大きな旧式のコンピューターにいたるまですべて同じだった。どうせつかないだろうと思いつつ照明のスイッチを入れてみたが、やはりつかない。バスルームと同じで、書斎の中のものもなにひとつ触れられた形跡はなかった。

両親の寝室の前にも、中から出てきた足跡はなかったが、それでも一応、ドアを開けてみた。ベッドはきちんと整えられ、床も掃除され、クローゼットの扉もきちんと閉められている。カーテンのところまでいって、門から入る道を見下ろしてみた。ショッピングカートは動かされたようすもなく、同じ場所に佇《たたず》んでいた。

廊下へ引き返し、まちがいないと確認した。最初から思っていたとおりだ。彼の足跡は、上の、彼の寝室のあった屋根裏からおりてきている。のぼっていく足跡はない。

どう始まったにしろ、今回のことは屋根裏から始まっているのだ。

二階から上へいく階段を照らしてみた。屋根の先端部分に近づくにつれ、狭くなるので、階段の上には小さい踊り場しかない。屋根裏部屋のドアはそこにあった。開いている。

ドアの向こうからぼんやりとした光が漏れているのが見えた。寝室にひとつだけある天窓から差しこんでいるにちがいない。

「すみません？」声をかけてみる。

懐中電灯を前に持ったまま、階段をあがりはじめた。自分の呼吸が荒くなっているのを感じる。ドアから目を離さずにあがっていって、最後の段で立ち止まった。手のひらの汗で懐中電灯がぬるぬるする。

クソ。なにびびってんだ？

もう一度深呼吸すると、懐中電灯を頭の上までかかげ、開いてるドアからむかしの寝室へ飛びこんだ。戦う覚悟で。襲われるのを覚悟して――

だが、だれもいなかった。ここにも。

むかしの寝室そのままだ。

だが、ひとつ、大きな違いがある。床の真ん中に棺おけが置いてあったのだ。

ふたは開いていた。

第十六章

あとはすべて、同じだった。

三日月の壁紙も、斜めになった天井の天窓の下にあった水のしみも、そのままだ。今でも、しみが顔の形に見えるような気がした。むかし、いつもそれで、オーウェンを怖がらせていた。あと一分で寝ないと、生きたまま食われるぞって。

二人のベッドもそのままだった。それぞれ端に寄せて置いてあるベッドは、信じられないくらい小さい。オーウェンのベッドなんて、赤ん坊用よりほんの少し大きいだけだ。棚には本が並べてある。乱暴に扱うからボロボロだけど、お気に入りのものばかりだ。その下にオモチャ箱があって、プラスティック製のヒーローものの人形や、ミニカーや、大音響を出すレーザー銃が山積みになっている。オーウェンのベッドには、大量のぬいぐるみが置いてあった。お気に入りだったゾウのぬいぐるみがほとんどで、今はひとつ残らず海の向こうの弟の部屋にあった。

そして部屋の真ん中の、ベッドとベッドのあいだの床を、長くて黒い棺おけが占領していた。ふたは、巨大な貝みたいにぱっくり開いていた。

*

天窓のブラインドはおりていたので、部屋は薄暗かったが、棺おけの横を通ってブラインドをあげる気になれなかった。

それからやっと、懐中電灯には武器以外の使い道があることを思い出した。棺おけを照らしてみる。生きているとき、本物を見たことがあったっけ？　葬式にはいったことがない。九年生のときタミー・フェルナンデスが校庭で発作を起こして亡くなったときも、ほとんど全員が葬式にいったのに、セスはいかなかった。セスの両親はシアトルまでの一泊旅行には気が進まないようだった。「タミーのこと、たいして知りもしなかったでしょ」母親はそう言い、それっきりだった。

でも、この棺おけは光を反射している。それも磨いた木の光とはちがう。高級車のボンネットみたいな、というより、高級車のボンネットそのものみたいだ。黒い金属のようなものでできていて、四隅は丸くなっている。好奇心が勝り、セスは近くに寄ってみた。ずいぶん変わってる。こうやって近くから見ると、変わっているのがよくわかる。なめらかで高級感があって、映画とかに出てきそうな未来っぽい感じがある。

でも、棺おけだということはまちがいない。内側には、枕と白いクッションが敷きつめられてるし――

「うそだろ」セスはささやくように言った。

クッションの上に折り重なるように、あの金属箔のついたテープが落ちていた。

引きちぎられたみたいに見える。テープで縛られていただれかが、さんざんもがいて、力いっぱい引っぱって、とうとう自由の身になったみたいに。

自由になって、よろめきながら階段をおりていって、外の小道に倒れたかのように。

どう考えたらいいのかわからずに、セスは長いあいだ立ち尽くしていた。

＊

ほぼ成長しきった今のセスもじゅうぶん入れる、超近代的棺おけ。でも、この部屋から引っ越したのは、まだ子どものころだったのだ。

しかも、オーウェンの棺おけはない。両親のもない。

セスのだけだ。

「死んだのがおれだけだからだ」セスはつぶやいた。

開いているふたに手を置いてみた。ひんやりする。想像したとおり金属の感触だが、手を離すと、うっすらほこりがついていたので驚いた。でも、内側は、ブラインドがおろされた窓から入るぼんやりとした光の中でも、まばゆいほどの白色に輝いている。全面にクッションがはられ、おおまかな人の形になっていた。

棺おけのてっぺんから足元まで、ちぎれた包帯が――導電性テープが――散らばっている。さらに、大小さまざまなチューブが棺おけの壁から延びている。チューブの反対の端から液体がなにかが垂れたらしく、真っ白いクッションにしみがついていた。

からだじゅうにある擦り傷や、用を足すときにひどく痛かったことを思い出す。

このチューブはおれにつながってたってことか？

なぜ？

セスはしゃがんで、懐中電灯で棺おけの下を照らしてみた。まるくて短い四本の脚で支えられ、底の真ん中から小さなパイプがまっすぐ床まで延びている。触ってみる。棺おけよりわずかに温かいような気がした。なにかしらのエネルギー源が流れこんでいるのかもしれないが、はっきりさせようがない。

　立ち上がって、手を腰にあてた。

「真面目な話、なんなんだよ」セスは声に出して言った。

　頭にきて、ザッとブラインドをあげた。いらだちながら、下の通りを見下ろす。

　通りに並んでいる家々を。

　どの家も、この家と同じで閉ざされているように見える。

「まさか」セスはささやいた。「そんなはずない」

　だが次の瞬間、疲れたからだで精いっぱい速く階段を駆けおりていた。

第十七章

セスは、庭に置いてあった小人の人形を、となりの家の正面の窓に向かって思いきり投げつけた。人形は申し分ない音を立てて、窓を突き破った。懐中電灯を使って残った破片を落とし、家の中に入りこむ。子どものころ、ここにどんな人が住んでいたかなにも覚えていなかったが、自分より年上の娘が二人いたような気がする。いや、ひとりだったかもしれない。

どっちにしろ、ここにも死んだ人間がいる可能性がある。

正面の部屋は、セスの家と同じで人の手が入ったようすはなく、ほこりが積もっていた。家のレイアウトはだいたい同じだったので、ダイニングルームからキッチンまですぐにぐるりと一周できた。ほこりだらけの家具があるだけで、なにも変わったものはない。

階段を駆けあがる。この家には、二階しかなかった。屋根裏に部屋はつくらなかったんだろう。考える前に手前の寝室に飛びこんだ。

女の子の部屋だった。たぶんティーンエイジャーだ。聞いたことがあるような気がする歌手のポスターが貼ってある。鏡台に化粧品がきれいに並べてあり、ベッドにはラベンダー色のカバーがかけられ、ひと目で大事にされて、顔を埋めて泣いていたとわかる、ビロードのセントバーナードのぬいぐるみが置いてあった。

でも、棺おけはない。

主寝室も同じだった。もっと物が多くて、空気がよどんでいるが、あとはセスの両親の部屋とまったく同じだ。ベッド、タンス、服が詰まったクローゼット。あるべきものしかない。

懐中電灯を使って屋根裏へあがるハッチを押しあげた。何度かジャンプして、ようやくはしごの下をつかみ、ガラガラと引っぱりおろす。上へのぼって、懐中電灯で照らした。

とたんにセスはあとずさった。驚いたハトたちが鳴き声をあげ、屋根のうしろ側にぽっかり開いていた穴からバタバタと飛び去っていったのだ。騒ぎが収まるのを待って、手についたハトの糞を拭いた。だが、鳥がいるのを発見した喜びは、すぐにしぼんだ。懐中電灯と屋根の穴から差しこむ光で見えたのは、物をしまってある箱や壊れた電気製品、それからおののいたようすのハトがさらに二、三羽いただけだった。

人の入っている棺おけはない。

「わかったよ」セスはぼそりと言った。

今度は向かいの家を探してみることにする。特に理由はない。同じ小人の人形を持っていって正面の窓を割る。

「うそだろ」中に入ると、思わず声が漏れた。

驚異的に汚かった。隅という隅に新聞が重ねられ、空いている場所には、食べ物の包装やらコーヒーカップやら本やら像やらが山になっている。あとは、ほこり、ほこり、ほこり。足元に気をつけながら奥へ入っていく。どの部屋も同じだった。キッチンは、百年前のキッチンみたいだし、階段にまで物が積みあがっている。

けれども、二階の部屋も、屋根裏も、汚れているだけで、棺おけはなかった。

そのとなりは、インド人の一家が住んでいたのだろう。家具には鮮やかな色の布がかけられ、写真の花嫁と花婿は、伝統的なヒンドゥーの衣装を着ていた。

でも、どの部屋を調べても、家具以外のものはない。

絶望感がこみあげるのを感じながら、さらにとなりの家に同じ人形を投げつけた。そのまたとなりの家にも。

どの家もほこりだらけだった。どの家も人はいなかった。

どんどんからだがだるくなり、がまんできなくなってきた。十軒目か十二軒目か、とっくに数はわからなくなっていたが、とにかくそのころには、人形を窓へ勢いよく投げつけることさえできなくなっていた。人形は跳ね返って地面に転がり、にらむようにセスのことをじっと見あげた。

セスは、白い木のフェンスにドサッと寄りかかった。また汚れてしまった。十二軒分の家のほこりで――十二軒分の空き家のほこりで。一軒たりとも、妙にピカピカしている棺おけが置いてある家はなかった。

挫折感がこみあげ、泣きそうになって、ぐっとこらえる。

結局なにかわかったことがあったか？　新しい事実を発見できたか？

なにもない。前からわかっていたことだけだ。

彼はひとりだということ。

どうしてこんなところにきたのか、あの棺おけはどこからきて、なぜ彼はあの中にいたのか、なにもわからない。父親と母親と弟の棺おけはない。通りに並んでいる家にも、ひとつもない。空にも、線路にも、道路にも、人の気配はない。

ここがどういう地獄にしろ、ここにはセスしかいないのだ。

正真正銘、完全にひとりなのだ。

とぼとぼと家へ向かって歩きながら、セスは考えた。〝でも、味わったことのない気持ちってわけじゃない〟

第十八章

「うそだろ、セッシー」グドマンドの声は、これまで聞いたこともないほど真剣だった。

「で、おまえのせいだって言うのか？」

「おれのせいじゃないって言ってるよ」

グドマンドはベッドの上でごろりと横向きになって、肘で頭を支えた。「だけど、本当にはそうは思ってないってことか」

セスはそっけなく肩をすくめたが、それがだいたいの答えになっていた。

グドマンドは、なにも着ていないセスの腹の上に手のひらを置いた。「それはきついな」そして、セスの胸まで手を滑らせ、また腹までもどすと、さらにそのまま下へおろしていった。そっと、優しく、すぐにはそれ以上求めずに、手の感触だけで同じ思いだということを伝えようとするように。

「でも、マジな話、民家のとなりに刑務所を建てるって、どういう国だよ？」グドマンドは言った。

「正確にはとなりってわけじゃない。実際の刑務所の建物までには、長い塀もあるし、警備員もいる」セスはまた肩をすくめた。「どっかには建てなきゃならないだろ」

「ああ、孤島とか、採石場のど真ん中とかにな。人が住んでるところじゃなくて」

「イギリスはせまいんだ。それに、刑務所はなきゃならない」

「それにしてもさ」グドマンドの手は腹までもどり、人差し指が肌の上にゆっくりと円を描いた。

「どうかしてるよ」

セスは手を払いのけた。「くすぐったいよ」

グドマンドはほほえんで、また同じ場所に手をもどした。セスはそのままにした。グドマンドの両親はまた週末旅行に出かけている。外は突き刺すような十月の雨にあふれ、窓をたたき、屋根を引っかいた。もう遅い。夜中の二時か三時だ。二人は何時間もベッドにいて、しゃべり、それからあまりしゃべらなくなり、それからまたしゃべった。

セスがグドマンドの家に泊まっていることは、みんな知っている。セスの両親もHもモニカも。でも、だれもこのことは知らない。セスが知っているかぎり、疑っている者もいない。そのせいでよけいに、これ以上ないくらい秘密めいたことに思える。それだけでひとつの秘密の世界を成しているように。

セスが毎回、いつまでもいつづけることができればいいのにと願う、秘密の世界。

「問題はさ」そう言って、グドマンドは何気なくセスのへそに続いている毛を引っぱった。「セッシーが自分を責めてるかってことだ」

「責めてないよ」セスはグドマンドの部屋の天井を見あげた。「それはない」

「ほんとか?」

セスは静かに笑った。「いや、うそだ」

「そのときはまだ子どもだったんだ。そんなことに、ひとりで対応できるはずがない」

「もう、わかってもいい年齢だった」

「いや、そんなことない。そんな責任を負える年じゃないだろ」

「でも、おれしかいなかったんだ」セスはグドマンドの目を見つめた。「正しい答えをわかってるふりなんてしなくていいよ。おれは教師じゃないし」

グドマンドはセスの非難をさらりと受け止めると、セスの肩に軽くキスをした。「ま、おれがそう思うだけだけどな。セッシーは当時も今みたいに、妙に自己完結した子だったんだろ、え？」

セスはグドマンドに肘鉄を食らわせたが、否定はしなかった。

「だから、大人みたいにふるまうおかしな子どもがいて、たぶんおまえの両親は満足してたんだ。そして、おまえの母親はこう考えた。よくないとは思いつつも、たった数分だし、緊急時だし、うちの小さなセッシーならちゃんとオーウェンのことを見てられるだろうって。ちょっといって――どこにいったんだっけ？」

「銀行」

「まあ、どこでもいい。とにかく、おまえの母親のミスだ。おまえじゃない。だけど、あまりにもひどくてでかいことだったから、自分のせいだと思えなくて、おまえのことを責めたんだ。もしかしたら、そういう自分を憎んでるかもしれない。それにしてもだ。クソみたいな話だよ、セッシー。それに巻きこまれるな」

セスは答えなかった。あの朝のことが、望みもしないのに、はっきりとよみがえってきたからだ。これまで思い出そうとしてきたときよりもはるかに鮮明に。家に着くなり、母親は大きな声で悪態をつき、オーウェンは怖がってセスの手を握りしめた。銀行のカウンターに千ポンドを置いたまま、気がつかずに家までもどってきてしまったのだ。

セスは今、初めて、なんのための金だったんだろうと思った。当時ですら、カードやら暗証番号やら引き落としのたぐいは、すでにすべて電子取引だった。そんな大金でなにをするつもりだったんだ？

「すぐもどるから」母親は強調した。銀行は商店街にある銀行じゃなくて、商店街を外れた少し先にある小さな銀行で、これまで一度もいったことがなかった。「長くても十分だから。なにも触っちゃだめよ。だれかがきても、ドアは開けないで」

そして、オーウェンの手を握っているセスを置いて、飛ぶように玄関へ舞いもどっていった。

十分がたって、さらに時が過ぎ、セスとオーウェンは立っていた場所から少しだけ動いて、食卓の横の床にすわった。

見たことのない青いジャンプスーツを着た男が、キッチンの窓をノックしたのは、そのときだった。

「おれは、やつを中へ入れたんだ」セスは説明した。「母さんは、だれかがきてもドアを開けるなってはっきり言ったのに、なのに、開けたんだ」

「八歳だったんだろ」

「そのくらい、わかってたはずだ」

「八歳だったんだぞ」

セスはなにも言わなかった。本当はそれだけじゃなかった。ドアを開けただけじゃなかったのだ。でも、それはグドマンドにすら話せなかった。のどがぐっと締めつけられるような気がして、胸から痛みがせりあがってきた。セスは顔をそむけ、横向きになると、泣いたのとそれをこらえようとしたのとで、かすかに震えた。

うしろでグドマンドはじっとしていた。それから、ようやく口を開いた。「いいか、セッシー、おまえは今、泣いていて、おれはどうしたらいいのかわからない」グドマンドは何度かセスの腕をさすった。「ほんとに、なにをすりゃいいのか、わからないんだよ」

「いいんだ」セスは咳きこんだ。「いいんだ。バカみたいだ」

「そんなことない。ただ……おれはこういうこと、ぜんぜんだめなんだ。もう少しまともならよかったのに」

「大丈夫だって。ビールのせいだ」

「だな」二人のあいだには空き瓶は四本もなかったけど、グドマンドはうなずいた。「ビールのせいだ」

二人はしばらく黙っていたが、やがてグドマンドが言った。「少しは慰めになるようなこと、思いついた」グドマンドはからだをセスに押しつけ、セスの背中に腹をくっつけると、手を回してセスの一部に触れた。セスのからだが反応する。

「ほらな」グドマンドは楽しそうにセスの耳元でささやいた。「だけど、マジな話、なにか問題があんのか？　オーウェンは生きてたし、犯人は捕まった。オーウェンはいい子だ」

「だけど、変わっちゃったんだ。神経に問題があるんだ。今じゃ……注意力散漫だろ」

「そんなこと、相手が四歳の子どもでもわかるのか？　前はこうだったけど、今はちがうなんて」

「ああ」セスは言った。「ああ、わかる」

「ほんとかよ？　だってさ……」

「いいんだ、グドマンド。別に解決しようとしてくれなくていい。ただ聞いてほしいだけなんだ。それだけだ。ただ話をしてるだけだ」

長い沈黙があった。耳にグドマンドの息を感じる。グドマンドが考えているのが、答えを出そうとしているのが、伝わってくる。

「ほかのやつには、話したことがないんだな？」グドマンドはたずねた。

「ああ。だれに話すんだよ？」

この瞬間の大切さはわかってる、というように、グドマンドはセスに回した手にぐっと力を入れた。

「おれに変えられることはなにもない。だろ？」セスは言った。「でも、このことが常に同じ部屋にいすわってんだ。そして、みんなも、それがわかってる。だけど、そのことにはぜったい触れない。そのうち、家にもうひとり人間がいるみたいになって、その分の場所をあけてやらなきゃならないような気までしてくる。なのに、そのことを持ちだすと、なんの話をしてるかわからないってふりをされる」

「うちの親は去年、おれのタッチパッドに、逆の性別のポルノがあるのを見つけたんだ。それ以来、やつらが何度その話をしてきたと思う？」

セスは振り返って、グドマンドを見た。「知らなかった。怒りくるったろ？」

「あたり。だけど、それはそんときだけのことだろ？　教会に通ったり、そんなことなかったふりをしてりゃ、いずれ過ぎる」

「おれがしょっちゅう泊まりにくることは、怪しんでないのか？」

「ぜんぜん」グドマンドはにやっと笑った。「おまえはおれにいい影響を与えたって思ってるからな。おまえは運動神経がいいって、宣伝してるし」

セスは笑った。

「じゃ、おれたちは二人とも、真実を知りたくなくて頭ん中がぐしゃぐしゃになった親がいるってことだな」グドマンドは言った。「ま、おまえの親のほうがちょっと上をいってるけど」

「たいしたことじゃない。いいとか悪いとかって問題じゃないんだ。ただそういう事実があるってだけだ」

「おまえを泣かせるってだけで、たいしたことだよ、セッシー」グドマンドはそっと言って、セスをぐっと抱きしめた。「それに、いいことなわけがない。とにかくおれはそんなの見たくない」

セスは黙っていた。しゃべれば、声がかすれるのはわかっていた。

グドマンドはその沈黙を少し引き伸ばしてから、今度は明るい声で言った。「少なくとも、そのおかげでおまえんちはイギリスからこっちに引っ越してきたんだ。そうじゃなきゃ、知らないままだったからな、こんなことだって」

「引っぱるの、やめろよ」セスは笑いながら言った。「おまえだって、その皮のことくらい知ってるだろうが？」

「そのはずだけどな。だけどアメリカ《こっち》じゃ、生まれたときに、おれの許しも得ずにそいつを切っちまうから――」

「やめろって」セスはまだ笑いながら、グドマンドの手を払いのけた。

「本気？」グドマンドはセスのからだの下に腕を差し入れて、ぐっと引き寄せると、セスの首に鼻を押しつけた。

「じっとして」セスはささやいた。

グドマンドは凍りついた。「え？」

「このまま動かないでってこと」

「このままって？」グドマンドはまだ凍りついたままたずねた。

でも、どうやって説明すればいい？　〝このまま〟の意味を？

セスに腕をまわして、強く抱きしめたまま離さない、ということだと。ここだけが本当に存在しうる場所だというようにセスを抱きしめることだと。

このまま。そう、ずっとこのままがいい。

「おまえってふしぎなやつだな」グドマンドはささやいた。

グドマンドが手を伸ばして、なにかをベッドからとった。そっちを見ると、グドマンドが二人の上に携帯をかかげていた。

「言ったろ、写真は撮らないって。おれの――」

「そうじゃない。おれがほしい写真は――」グドマンドは言って、二人の肩から上の写真を撮った。いっしょにベッドの上にいるところを。

「おれ用だ」グドマンドは言った。「おれ専用」

そして、セスのほうに顔を向けて口にキスをすると、それも写真に撮った。

そして、携帯を置き、セスをさらに引き寄せてもう一度キスをした。

第十九章

セスはソファーの上で目を開いた。胸が重くて、息ができない。

〝クソ！　かんべんしてくれ〟

今回も、ただの夢よりもはるかに強烈だったので、セスは思わず顔に手をやって、グドマンドの香りがまだ残っているかどうか確かめずにはいられなかった。もちろん、残っていない。でも、思い出せる。塩や木やからだや、なにか親密なもののにおいがよみがえり、胸の重みがますます重くなる。

「クソ」からだを起こすと、声がかすれた。「クソ、クソ、クソ、クソ、クソ、クソ」背中を丸め、からだをゆっくり前後に揺らし、身を切られるような思いに耐えようとする。

この痛み。グドマンドを失った痛みは、耐えがたいほど大きかった。グドマンドといるときの安心感や安らぎを、楽しくてくつろいだ気持ちを。肉体的なものを失ったのもつらかったが、それよりも、あの親密さや近しさを失ったことのほうが大きかった。抱きしめられ、大事にされていたことを。

そしておそらく愛されていたことを。

それだけじゃない。〝自分だけのもの〟も失ってしまった。ほかのだれも知らない、自分だけの秘密を失ってしまった痛み。両親や弟のいる世界や、友だちの世界とさえ関わりのない、自分だけの秘密を。

失ってしまったのだ。

〝一度死ねばじゅうぶんじゃないのか？　ずっとこれをくり返さなきゃならないのか？〟

そして、頭の中で答える。〝ああ、じゅうぶんじゃない。だって、死ぬまえに死ぬことはできるじゃないか〟

ああ、そうだ、死ねる。

なら、死んだあとだってまた死ねるだろ？

またグドマンドといっしょになれたのに。目を覚ますのは、まるで死ぬような気持ちだった。溺れて死んだときよりも、ずっとつらい死。

〝もう耐えられない〟セスは思った。〝耐えられない〟


どうやら、また一晩眠ったらしい。ブラインドのまわりから漏れる光は、夜明けの青味がかった色をしている。セスは起きたくなかったし、起きられないような気がしたが、結局膀胱《ぼうこう》がぱんぱんになって、ついに起き上がり、トイレへいくために階段をのぼりはじめた。昨日、通りの家々を調べたあと、こうした夢を見るのを避けたくて、寝るのを先延ばしにするためにシンクとシャワーの老朽化した水道管を修理したのだ。長いあいだ水が流れてなかったトイレに、何度かコップで水を入れてからレバーを押し、うまく流れたときは、勝利感がこみあげて、自分でも恥ずかしくなるくらい嬉しかった。

だから、今日はトイレで用を足した。それから、一階の固くなった食洗機用洗剤を、多少べとついていたが石鹸代わりにして、冷たいシャワーを浴びる。身を切るように冷たい水に何度も顔を突っこんであえぎ、完全に目を覚まそうとする。

胸にのしかかり、このままにしておいたら押しつぶされそうな重荷から逃れようとするように。それから、新しいTシャツから一枚とって、それでからだを拭き、リビングにもどって、新しい服を着た。服がもっと必要だ。暖かい気候に向いている服が。それから、夜用にランタンもいくつかいるだろう。もっと食料も必要だ。外のカートの荷物を下ろして、今度はゆっくり時間をかけていいものを探して、運んでこなきゃならない。

そうだ、今日はそれをしよう。

〝前へ進みつづけるんだ〟セスはまた自分に言い聞かせた。〝止まるな。考えるな〟

だが、セスは服の入ったリュックを見下ろしたままじっと立っていた。だれもいない家の、キッチンへ入るドアの、さらにその先の、外のデッキへ出るドアの存在を、感じる。

セスが開けて、ジャンプスーツの男を入れてしまった、あのドアの存在を。

そして、ひとりで待ちつづけた屋根裏部屋の存在を。オーウェンと男の捜索が続いているあいだ、何晩も、おそろしくてたまらない夜をひとりで過ごしたあの部屋。両親はセスのことも、お互いのことも見ようとしなかったし、父親は安定剤を飲むようになって、それ以来手放せなくなった。

グドマンドにもすべてを話せなかった。話せるときはあったのに。せっかくのチャンスを――なんのチャンスだ？　許しを乞うチャンス？　罪の赦《ゆる》しを？

だれかから許しを得られるとすれば、それはグドマンドだったはずだ。あのときなら、許しを得られたはずなのに、今でもなぜそうしなかったのかわからない。

グドマンドとベッドに横たわり、可能なかぎりからだを寄せ合って、両親と警察以外にしたことのない話をしたときのことを思い出す。

また胸が痛みだし、その痛みがあまりにも激しいので、思わず口に出す。「わかった。わかったよ」

そして、外へ出ていって、カートの食料を運びはじめる。また泣かないように全力を傾けて。


午前中いっぱい使って、スーパーマーケットまで三往復した。見つかったのはほとんどが、ぎりぎり許容範囲内の缶詰とペットボトルの水だったけれど、固まっているがなんとか割ることのできそうな砂糖と、真空パックの乾燥肉で硬くなりすぎていないものも手に入れた。どう使うのかはよく知らないが、小麦粉もふた袋見つけた。

アウトドア店からキャンプ用のランタンをいくつか持ちだし、角を曲がったところにある〈マークス&スペンサー〉で服を数枚見つけた。シャツと短パンは普通すぎて、着ると父親みたいだったが、少なくともこれで真夏に雪山用の防寒着は着なくてすむ、と思った瞬間、地獄の冬にあたるものがきてもまだここにいたらどうなるんだ？　という考えがよぎる。

太陽が空のてっぺんにくると、キャンプ用コンロでスパゲティを温めた。公園の、昨日スパゲティを食べたのと同じ場所へいくと、また丘の下の草地と、水晶のように澄みきった池が見えた。

そして、危うく缶を落としかけた。池の真ん中の岩の上で、カモが二羽、日向ぼっこをしていたのだ。カモ自体は、特に変わったところのない普通の茶色のカモで、静かな声でグワッグワッと鳴き交わしている。

だとしてもだ。カモだ。

「おーい！」セスはなにも考えずに呼びかけた。カモはたちまち、警戒の声をあげながら飛びたった。セスはそのうしろ姿に向かってさけんだ。「おい、待てよ！　おれが呼びだしてやったんだぞ。おれのおかげだ！」

カモたちは、木立の向こうに姿を消した。

「ま、いいか」セスはもう一口、スパゲティを口に入れた。「撃ち落として、食えるわけじゃあるまいし」

それから、顔をあげた。本当にそうか？　もちろん、まず銃がいる。ぱっとアウトドア店が浮かんだ——

それから、思い出した。ここはイギリスだ。か、少なくとも彼の記憶にあるイギリスだ。アメリカみたいに簡単には銃は買えない。アメリカでは、地元のショッピングモールで、マクドナルドへいってから銃を買って、そのあと映画を観ることだってできる。セスの両親は最初あぜんとして、そのあと何年ものあいだ、嬉々として義憤《ぎふん》に駆られたヨーロッパ人よろしくその話をしまくっていたが、自分たちの家には決して置こうとしなかった。そのため、セスは銃を撃つどころか、近くで見たことすらなかった。

だから、狩りはたぶん無理だろう。少なくとも、すぐにはできない。でも、カモのローストのことを考えると、ふいにスパゲティの缶がまずそうに見えてきた。といったって、カモの焼き方すら知らない。そもそも、キャンプ用のコンロなんかで焼けるのかって問題もある。

セスはため息をついて、今回は忘れずに取ってきたスプーンでもう一口食べた。くたびれていたが、前の日ほどじゃない。死んだときに必要な睡眠量にようやく追いついてきたのかもしれない。どう考えたって、死ぬのは、疲れるに決まっている。っていうかこの世でいちばん疲れることじゃないか？

もう一度、今はなにもいなくなった池を見下ろして、別のことに気づいた。丘の上から下まで生えている背の高い草が、風に揺れている。それも、かなり大きく。と、自分の顔にも風を感じた。セスは顔をあげた。

ここにきて初めて、空になにかが見えた。雲だ。巨大なふわふわした雲。巨大なふわふわした、そして、真っ黒い雲がみるみる近づいてくる。

セスは自分の目が信じられなかった。「地獄でも雨が降るのか？」

セスがなんとか家についたのとほぼ同時に、空から雨が落ちてきた。いわゆる夏の夕立で、地平線上にはまだ青空が広がっている。だからすぐにやむだろうが、かなり激しい雨だった。玄関口から見ていると、ほこりっぽい通りがみるみるどろどろになり、止まったままの車の窓を泥水が筋になって流れ落ちた。

しびれるほどいいにおいだった。清潔で新鮮な香りにひかれるように、雨の中へ出ていって、顔を上に向ける。あっという間にびしょ濡れになり、雨粒があたって目を細める。驚くほど温かい。ハッとして、息を呑む。「おれはバカか！」急いで家の中へもどり、食洗機の固まった洗剤をひっつかむ。今朝の凍えるように寒いシャワーより、何倍もいい――

すぐにまた、玄関から飛びだしたが、雨はすでに弱まり、きたときと同じようにあっという間に過ぎ去ろうとしていた。

「クソッ」空の高いところでは、ものすごい強風が吹き荒れているにちがいない。雨雲は暴徒に追われているかのように逃げていく。セスの家の裏を過ぎて、そのまま――

どこへいくんだ？

そうだ、いったい雨はどこへいくんだろう？

地獄はどのくらいの広さなんだ？

雨が降るくらいの広さはあるってことだ。ふたたび太陽が出て、風は収まり、すでに泥から蒸気があがって、家の前の通りは乾きつつあった。

そう、この通りなら何度か行き来したが、まだその先へはいってない。

〝そろそろ調べにいくか〟

第二十章

午前中、働いたせいでまた疲れていたが、昨日の夜のあとでは、あれよりもっと鮮明な夢を見るのが怖くて、昼寝したくなかった。セスはリュックに食料と水を入れ、外を歩きに出かけた。どっちにいこうか、一瞬考えた。左には、すでに何度かいった商店街がある。もちろんその先にも、何キロにもわたって住宅街が広がり、記憶が正しければ、東へいくにつれ農地に変わっていくはずだった。

右には、電車の駅がある。

〝線路を歩いていけば、ロンドンまでいけるはずだ〟そう思うと、元気が出るような気がした。端末の画面に地図を表示したりネットで調べたりできなくても、関係ない。線路にそって進んでいけば、ロンドンまで歩いていけるのだ。

とはいえ、本当にいこうってわけじゃない。ロンドンはクソ《ブラディ》遠い。

セスははっとした。クソ《ブラディ》。今、おれは、クソ《ブラディ》遠い、と思ったか？　セスの親は、クソ《ブラディ》という言葉は使わなくなっていた。そういったイギリス的言い回しはアメリカのスラングに駆逐され、あとはせいぜい、母親がしつこくイギリス風に母さん《mum》と発音しろと言い張っているくらいだった。

「クソ《ブラディ》」セスは試すように言った。「クソ《ブラディ》、クソ《ブラディ》、クソ《ブラディ》」空を見あげる。「太陽なんてクソ《ブラディ》だ」

太陽はふたたびさんさんと輝き、前よりも暑いくらいで、泥はすでにほとんど乾いていた。両親がいつも文句を言っていた、寒くてじめじめしたイギリスの天気とも、実際自分がここに住んでいたころの記憶ともちがう。まあ、八歳の子どもの天気の記憶なんて、たよりにならないけど。それにしてもだ。セスがずっと信じさせられてきたイギリスの気温よりはるかに暑い。歩道からあがる蒸気のせいで、もはや熱帯みたいだ。でも、イギリスを説明するときに〝熱帯〟と形容する人はいないだろう。

「へんだな」セスは声に出して言ってから、リュックを背負い直すと、右側の駅へ向かって歩きはじめた。

こっちの道路も、ほかの場所と同じでほこりが舞い、人気《ひとけ》はなかった。家を一軒一軒、組織だって調べていくのも、やってみる価値はあるかもしれない。まず、すでに窓を割った家を徹底的に調べ、そこから近隣へ広げていくとか。ひょっとしたら便利なものが見つかるかもしれない。缶詰とか、いろいろな道具やもっといい服もあるかもしれない。庭で野菜を育てている家だって、一、二軒なら——

セスは足を止めた。〝そうか、市民農園だ〟

そうだった。広い土地を個人に分割した農園がどこかにあったはずだ。確か……なにかの裏だった。思い出そうとする。スポーツセンター？　そうだ、それだ。線路の反対側にスポーツセンターがあって、その裏手に市民農園があった。もちろん雑草だらけだろうが、食べられるものがまだ生えている可能性もある。だろ？

セスは足を速めた。からだにしみついている記憶に導かれるように、アパートメントにはさまれたコンクリートの長い階段をのぼっていく。フラット（ヽヽヽ）だ。セスは思い出した。イギリスでは、アパートメントじゃなくて、フラットって言うんだった。イギリスの言葉がどんどん出てくる。じきにイギリスのアクセントももどってくるんだろうか。グドマンドはいつも、セスにイギリス英語をしゃべらせようとした。いつもセスに――

セスは考えるのをやめた。強い喪失感が舞いもどってくる。強すぎる感情が。

〝進むんだ。進めるかぎり〟

階段をのぼると、駅に続く屋根のない舗道に出た。駅は一段高くなっているところにある。市民農園にいくためには、駅を通り抜けて、ホームとホームのあいだにある陸橋を渡り、反対側へいかなければならない。興奮がわきあがってくるのを感じながら駅の入り口を通って、ためらいなく改札を飛び越え、短い階段をのぼって、一番ホームに出た。すると――

電車が待っていた。

四両しかない、短いものだった。都市部とのあいだを往復する通勤用の電車で、今にも乗客が降りてくるか、電車が出発して、ゆっくりとホームを出ていくような気がした。

でも、もちろんそんなことにはならなかった。電車は、土から突きだしている岩みたいに静かに佇み、この世界を覆いつくしているほこりをかぶっていた。ホームのひびというひびから雑草が伸び、電車の屋根についている溝《みぞ》にも、そこかしこに草が生えている。外の通りの車と同じで、長いこと動いていないのだ。

「すみません」セスは声をかけてみた。それから、ホームを歩いていって、中をのぞいたが、真っ暗なうえ、窓がひどく汚れているので、午後の日差しがほとんど通らない。いちばん近くのドアの開閉ボタンを押してみたが、電気は通っておらず、ぴたりと閉まったままだった。

電車の先を見ると、先頭の、運転室に入るドアが開いていた。リュックから懐中電灯を出し、歩いていって、運転室に頭を突っこんでみる。運転台の前に椅子がひとつあるきりなのを見て、セスは驚いた。飛行機みたいに、椅子は二つあると思っていたのだ。計器盤のスクリーンはすべて割れるかほこりで覆われ、電気が消えて暗くなっていた。

中にうしろの車両に続くドアがあり、そこも開いていたので、運転室にあがりこむと、そっちのドアから車両の通路を照らしてみた。

なにかにおいがする。動物がいたにちがいない。尿と麝香《じゃこう》のむっとするにおいが立ちこめ、通路のリノリウムの床に積もったほこりはかき乱されて、いやな感じの筋がいくつもついている。キツネたちが座席の下にもぐりこみ、懐中電灯を持った人間がなにをするつもりなのか、じっとうかがっているような気がした。

〝懐中電灯を持った人間〟はまわりを見回した。記憶があふれかえって圧倒されそうになる。太陽が照りつけ、解読不能な落書きだらけの汚れた窓からもぼんやりとした光が差しこみ、青い座席の網状の模様の入った布地がはっきり見えた。セスはその上に手を滑らせ、指先で毛羽立たせた。

電車。そう、電車だ。

イギリスを出てから、ずっと電車に乗っていなかった。一度もだ。西海岸のアメリカ人は電車を使わない。車なのだ。どこへいくにも車だ。海を渡ってから、文字どおり電車に足を踏み入れるのは初めてだった。

子どものころ、どれだけ電車が好きだったか！　ロンドンやほかの都会へいく旅は、六歳、そして七歳、八歳の男の子にさまざまなものを与えてくれた。動物園、大観覧車、蠟《ろう》人形館。ほかの博物館もいったけど、蠟人形がないぶん、面白さも少し減った。反対の下り電車に乗れば、海へ出て、丘の上の城や、母親がぜったいにセスとオーウェンを近づけようとしなかった、白い断崖があった。小石だらけのビーチもあった。フランスへいくフェリーもあった。

八歳のとき、電車はいつもすばらしいところへ連れていってくれるものだった。同じ家や、同じ顔や、同じ店から逃げる手段だった。今考えると、何百万という人が毎日のように使っている電車に乗るだけでそんなに興奮したなんて、恥ずかしいような気もするが、セスは今、車両の奥へ向かいながら、自分の顔に小さな笑みが広がっていくのを感じていた。懐中電灯で頭の上の網棚や、こっちは二人席、あっちは三人席というように分かれている座席を照らす。車両のうしろには小さな四角いドアがあり、どっち方面だろうと電車が出ると五分以内に必ずオーウェンがいきたくなる、電車の汚いトイレがあった。

セスは首を振った。電車がこの世に存在することすら、忘れかけていた。こうして電車を見ると、小さいころ、あれほど魅惑的に見えたのが信じられなかった。

〝それでも、やっぱり電車は電車だ〟

そのときだった。トイレのドアがいきなりバタンと開き、怪物が吠えながらまっすぐセスのほうへ向かってきた。

第二十一章

　セスは悲鳴をあげて、きた方向へ向かって走りはじめた。走りながら、危険を承知でちらりとうしろを見る。

　巨大な黒い影が突進してくる――

　怒りに満ちたかん高い吠え声をあげながら――

　まぎれもない悪意をたたえた二つの目で、セスをひたと見すえ――

　運転室へ飛びこみ、勢いあまって運転台に突っこんだ。腰に痛みが走り、悲鳴をあげる。運転手の椅子を乗り越えたとき、リュックのストラップが引っかかって一瞬、ぞっとしたが、なんとか外したのと同時に、怪物が車両とのあいだのドアをぶち破って飛びこんできた。

　セスは前のドアから外へ飛びだし、ホームを全速力で走りだした。懐中電灯を落としたが、拾う余裕はない。もう一度振り返ると、ちょうど怪物が運転室から弾丸のように飛びだしてくるところだった。ドアが前後に激しく揺れる。怪物はぱっと向きを変え、セスを追いはじめた。

　セスよりはるかに速いスピードで。

「クソ！」クロスカントリーのフォームを思い出そうとして両腕を振る。が、そもそもクロスカントリーのフォームは長距離用で、短距離用じゃないし、まだ体力も完全には回復していない
――

うしろからキィキィという声がした。

（キィキィ？）

反対側のホームへ渡る陸橋の階段までできて、もう一度振り返った。

見たことがないほど大きくて、醜くて、泥だらけのイノシシがいた。

（イノシシ？）階段を駆け上がりながら考える。（おれはイノシシに追いかけられてんのか？）

イノシシは猛烈な勢いでホームをくだり、セスを追って階段をのぼりはじめた。汚れた二本のキバが見える。欠けているように見えたが、セスの腹くらい簡単に引き裂けるだろう。

「クソ！」セスはもう一度さけんで、陸橋を渡りはじめたが、あいかわらずからだがだるくて、力が入らない。これじゃ、イノシシを振り切ることはできない。反対側のホームにおりる階段に行きつくまえに、追いつかれる。

〝おれは殺されるんだ〟セスは思った。〝ブタに。それも地獄で〟

その、あまりにもばかばかしい理不尽さとわきあがる怒りで、もう少しで助かるチャンスを見逃すところだった。


陸橋は線路の上にかかり、両側は四角い曇りガラスのパネルで覆われ、腰の高さのところに金属の手すりがついていた。橋の反対側の階段近くに、上側のパネルが二枚連続で落ちている箇所があったのだ。

ちょうどセスくらいの大きさの人間が通れるスペースが空いている。

ふたたびイノシシが声をあげた。あと一メートル半まで迫ってる。あそこまでたどり着けない、無理だ。ぜったいに無理――

セスは窓に向かってジャンプした。同時に、イノシシの頭が足の裏にあたったのを感じた。そのはずみでセスはパネルが落ちた空間から飛びだし、七メートル下の線路にまっすぐ落ちていく寸前、パネルとパネルのあいだにある支柱をつかんで、片足を金属の細い板に引っかけた。空いてるほうの腕と脚を空中で振りまわし、なんとかバランスをとる。

直後にイノシシが足元の壁に激突し、またもや振り落とされそうになった。

「わかった！　わかったよ！」セスはどなった。上へいくしかない。頭の上の樋《とい》をつかむと、屋根の上にからだを引っぱりあげた。イノシシは何度も手すりに体当たりしている。セスは片足を引っかけて、ぐるりと転がるように屋根の上にあおむけになると、背中のリュックがごつごつするのを感じながらハアハアと荒い息をついた。

しばらくそこにねころがったまま、呼吸を取りもどそうとした。イノシシはまだあきらめずに、うなり声をあげながら陸橋の壁の内側に体当たりをくり返している。と、ガラスのパネルがもう一枚はずれ、線路に落ちていって、粉々に砕け散った。

屋根の端から身を乗りだすようにしてイノシシを見下ろすと、イノシシはフウフウと怒ったように鼻を鳴らしながら、セスを見あげた。でかい。普通のブタより背も幅もはるかに大きく、ここまでくるとどこか漫画みたいだ。全身毛に覆われ、泥が厚くこびりついて黒くなっている。イノシシはセスに向かって甲高い声で吠えた。

「おれがなにしたっていうんだよ？」

イノシシはもう一度鳴くと、また陸橋を攻撃しはじめた。

セスはあおむけになり、空を見あげた。

イノシシ牧場から逃げだしたイノシシが野生化するとか、そんな話があった気がするが、まさか本当だなんて思ったことはなかった。だいたい本当にそういう話だったかも、よく覚えていない。

そもそもここは地獄だろ？

セスはねころがったまま、呼吸がもどり、動悸が治まるのを待った。それから、背中の下からリュックを引っぱりだし、ペットボトルを取りだした。下では、ようやくイノシシもあきらめたらしく、フンフンと鼻を鳴らしながら、最後にもう一度挑戦的なうなり声をあげると、足音を響かせてもどっていった。階段からホームへおり、電車のうしろへ姿を消すのが見えた。電車のトイレの中に作った寝床にもどったんだろう。

ふっと笑いが漏れた。セスは大きな声で笑いだした。

「イノシシ」セスは言った。「クソ《ブラディ》イノシシ！」

それから水を飲んだ。きた方向を見やると、なかなかいい眺めだった。陸橋のわずかにカーブしている屋根の上でバランスをとって立ち上がる。商店街に並んでいる店の屋上までよく見える。セスの家は低すぎて見えなかったが、そっちへ続く近所のようすは見えた。

左側の、セスの家があるあたりの裏手から、なにもない土地が広がり、その奥に刑務所があった。

セスはしばらく刑務所を見つめていた。刑務所を幾重にも囲んでいるフェンスや堀はすべてむかしのままで、そのあいだに、まばらに生えた雑草以外なにもない場所が広がっている。刑務所の建物自体は見えなかった。小さな谷をおりた、うっそうとした木立と鉄条網とレンガ塀のうしろにあるからだ。

だが、そこにあるのは知っている。

それがあるというだけで、腹からおかしな気持ちがわきあがってきた。まるで刑務所がこちらを見返しているような気がする。セスがなにをするか、見てやろうとしている気がする。セスがくるのを、待っているかのように。

セスは顔をそむけた。ここから市民農園が見えるかもしれない。そうすれば、近道がわかるだろう。セスは目の上に手をかざした——

線路の反対側もよく見えた。スポーツセンター、市民農園、何十という通り、地平線まで広がっている住宅地。そして、それらはすべて、焼き尽くされていた。

第二十二章

駅の反対側は斜面になっていて、浅い谷へと続いていた。ようやくわかる程度に起伏しながら数キロほど広がり、何本もの通りを経《へ》てメイソンズヒルまで延びている。そうだ、メイソンズヒルという名前をやっと思い出した。このあたりで唯一、本当の丘《ヒル》で、木に覆われ、片側は十五メートルほど下の道路に向かって切り立った崖になっている。よく若者が、道路を通る車に岩を落として捕まっていた。

そしてその丘と駅のあいだは一面、焼け野原になっていた。

灰とがれきだけのところもあれば、屋根やドアはなくなって外側のレンガの壁だけが残っているところもある。道路すら崩れてゆがみ、両わきにあった建物と見分けがつかない場所もあった。ぽっかりと空いた敷地は、スポーツセンターがあったところだろう。プールだったと思われる巨大な四角い穴の残骸《ざんがい》が見える。今は、すすと雑草で覆われていた。

だが、線路の反対側の、今はうしろにある町ほど雑草は生えていないことに、セスは気づいた。それに背丈も低い。そう思って、焼け残ったがれきのあいだからまばらに生えている雑草をあらためて見ると、セスの家のあたりの雑草よりもずっと貧弱で、中には枯れているものもあった。

市民農園があった場所には、畑らしきものは跡形もなかった。あのへんだという記憶はあったが、見ても灰や真っ黒になった材木や崩れ落ちたコンクリートが一面に広がっているだけで、無理やりそこだと思おうとしているだけかもしれない。

　ぼんやりとした日差しの中で見渡せるかぎり、左右に数キロにわたって焼け野原は続いていた。火の手は——原因はわからないが、これだけ大規模な破壊をもたらすのは、爆弾のたぐいだろう——メイソンズヒルにまで達し、そのふもとで止まっていた。反対側が、駅のある丘のふもとで止まっているのと同じだ。炎がむきだしのコンクリートに阻まれ、それを乗り越えられなかったおかげで、駅は助かったのだ。

　セスは荒れ果てた土地を見渡した。どこまでも続いているように思える焼け野原を。

〝これで、あのほこりの原因がわかった〟まず頭に浮かんだのは、それだった。何層にも積もりに積もったほこり。今、彼のうしろにある町のほとんどすべてを覆いつくしているほこりは、ただのほこりではなくて、大規模な火災のためにふりそそいだ灰が、取り除かれることもないまま積もったものなのだ。

　だが、セスが口に出せないほどの不安を感じたのは、それが過去の出来事だったからだ。なにかに火がつくか、風に煽《あお》られたのか、とにかくなにかが起こって、火は手のつけようのないほど燃えあがり、ようやくひとりでに消えたときにはすでに、このあたりの町のほとんどがなくなっていた、と思われる。

　つまり、火事が起こる〝前〟と、火事が起こった〝時〟と、火事が起こった〝後〟という時間が存在するのだ。

　そのせいで不安を感じるなんて、ばかげたことかもしれない。そこいらじゅうに雑草が生えているし、食料品は瞬時に腐るわけではない、でも、そうしたものは単なる時間で、静けさの中で過ぎていく時間だ。

でも、火事は事件だ。事件は〝起こる〟。

そしてもし事件があったなら、事件が起こった〝過去の時〟があったことになる。

「でも、それっていつだよ？」セスは自分に向かって言い、目の上に手をかざして、どこまでも広がる焼け野原を見渡した。

それから、線路の反対側にある自分の町のほうを振り返った。

もし火事が、こちら側ではなく自分の町のほうで起きていたら？　焼け落ちたのが、目の前に広がる見知らぬ人々が住んでた家じゃなくて、自分の家だったら？

そうだったとしたら、そもそも目覚めることもなかったってことなのか？

〝それとも、これはおれの意識が、おれになにか伝えようとしてるのか？〟

黒焦げになった町は行く手を阻む障壁のように思えないか？　ここが地獄の果てです、って感じに。探検に出たら、〝通行禁止〟っていう標識のある場所に出たみたいだ。

世界が、この世界が、ふいにぐんと小さくなったような気がした。

急に、今日はこれ以上、探検する気がなくなってしまった。セスは黙ってリュックを陸橋に投げこみ、自分も下におりた。それから階段をおり、電車の中にいる巨大なエイリアン・イノシシに気づかれないよう足音をひそめて歩いていって、懐中電灯を拾いあげた。

そして、両手をポケットに入れると、肩を丸めて、とぼとぼと家へもどっていった。

第二十三章

「わたしたちになんて言ってほしいわけ？」セスの母親は怒ってきいた。「どう反応してほしいのよ？」

向かいのもうひとつの椅子にすわってる父親はため息をついて、脚を組んだ。三人はキッチンにいた。父親と母親は気づいているかどうか知らないが、真剣な話をするとき、特にセスが問題を起こしたときはいつも、キッチンで話し合いになる。

セスはオーウェンより、はるかに回数が多い。

「このことをわたしたちが……」父親は宙を仰ぎ、正しい言葉を探そうとした。「気にしてるというわけじゃないんだ、セス――」

「なに言ってるのよ？」母親がかみついた。「もちろん、気にしてるわよ」

「おい、カンダス――」

「ああ、もう話が見えてきたわ。この子のことを許す気になってんでしょ――」

「許すとか許さないの問題じゃない――」

「あなたはいつもその自由放任主義とやらで、大好きな大工仕事さえできれば、どうでもいいのよ。あなたがそんなだから、この子がバカなことをやるのよ」

「バカなことじゃない」セスは腕を組んで、テニスシューズを見つめた。

「じゃあいったいなんなわけ？」母親は問いただした。「これが、あなたにとってばかげた悲惨な状況じゃないっていうなら、なんなの？　ここの人たちがどういう人たちだかは、知ってるでしょ――」

「カンダス、もうやめろ」父親は、さっきより強い口調で言った。母親はわざとらしく降参のポーズを取ってため息をつくと、じっと天井の一点を見つめた。父親はセスのほうを見た。セスはショックを受けた。父親がこうやってセスの目をまっすぐ見るのはめったにないことだと気づかされたからだ。いきなり石像に道をきかれたような感じだった。

問題は、セスにも母親がまちがっているとは言えないことだった。確かに悲惨な状況だ。写真が見つかってしまったのだから。流出したのだ。ありえない経路から、思っても見なかったところから。でも、考えてみれば、そんなことあるわけないと思っていたこと自体、バカだ。この無駄につながった世界で、自分だけのものにしておけることなんてないんだから。

「セス」父親は続けた。「わたしたちが言おうとしているのは……」だが、またそこで、言葉をとぎらせた。どういう言い方をしようか考えている。一瞬、セスは自分が代わりに言ってやるはめになるんじゃないかと思って、ぞっとした。「つまり……おまえがどういう選択をするにしろ、わたしたちがおまえの父親と母親だというのは変わらないし、おまえを愛してるということだ。なにがあろうとも」

最後の言葉に対して、居心地の悪い沈黙が続いた。

なにがあろうとも。セスは心の中でくり返したが、口には出さなかった。その〝なに〟は実際、八年前に起こったのだ。もう済んだことだが、そのときに今の言葉はうそだということが判明してしまっていた。

「でも、今回の……」父親はふたたびため息をついた。「……今回のことで、おまえは面倒な状況に――」

「あの子は信用できないって前からわかってたのよ」母親が首を振りつつ言った。「あの子を見たときから、よくないことが起こるってわかってた。そもそもあんなおかしな名前――」

「そんなふうに言うな」セスは小声で言った。しかし、その声からにじみ出る怒りに、両親は驚いて口を閉ざした。今日、グドマンドには、この話を伝えて注意するように言うのがやっとで、そのあとすぐにグドマンドの両親に追いだされてしまった。「グドマンドの話はなんであれ、するな。二度と」

母親はあんぐりと口を開けた。「親に向かって、なんて口をきくの？　いったいどういうつもり――」

「カンダス――」父親は、母親が椅子から立ち上がるのを見て、止めようとした。

「まさかまたあの子に会えるなんて、思ってるんじゃないでしょうね」

「止めるなら、止めてみろ」セスの目が怒りで燃えあがった。

「やめろ！」父親がどなった。「二人ともやめるんだ！」

セスと母親はどっちも引かずににらみ合ったが、やがて母親はまた腰をおろした。

父親が言った。「セス、抗うつ剤を飲んでみたらどうかと思うんだ。もしくは、もっと強いものでもいいかも――」

母親がかっとしてどなった。「それが、あなたの答えなの？　あなたみたいに、忘却の中に引きこもるのが？　そうやって二人ともこれから一生、黙りこくって日曜大工をやりつづけりゃいいわ」

父親はもう一度、言い聞かせようとした。「わたしが言ってるのは、セスは明らかに苦しんでるってことだ――」

「この子は、なにも苦しんじゃいないわ。注目してもらいたがってるだけよ。弟のほうがあれこれ世話を焼いてもらってるのに、耐えられないのよ。だから、わざとこんなことをするんだわ」母親は首を振った。「いい、そんなことしても、自分で自分を傷つけるだけよ、セス。来週、学校へいかなきゃいけないのは、あなたなんだから。わたしたちじゃなくてね」

セスは、はらわたがねじれるような気がした。いちばん不安に思っているところを、突かれたから。

「いきたくないなら、いかなくていい」父親が言った。「騒ぎが収まるまでな。じゃなきゃ、転校したっていい――」

母親はまた、憤慨《ふんがい》したように息を呑んだ。

「転校はしたくない。それに、グドマンドと会うのをやめる気はない」

「その名前を聞くのもいやよ」母親が言った。

父親は苦しげな表情を浮かべた。「セス、こんな重要なことを決めるには、まだ少し若すぎると思わないか？　ああいったことを……するには……」父親は、〝男と〟とまでは言えずに、そのまま口をつぐんだ。

「しかも、オーウェンがこんなに大変な時に」母親が言った。

セスはあきれたように目を回した。「オーウェンはいっつも大変なんだ。母さんのくだらない人生は、ぜんぶそれだよ。いつだって、オーウェンなんだ」

母親の顔が険《けわ》しくなった。「よくそんなこと言えるわね？　よりにもよって、あなたが！」

「どういう意味だよ？」セスはかみついた。「よりにもよって、って？」

「わたしたちが言いたいのは」父親が二人の声をかき消すように、大声で言った。「わたしたちに相談してくれればよかったのに、ということだ。なんだって、わたしたちに相談すればいい」

そしてまた、長い沈黙が訪れた。だれも、それを埋めようとはしなかった。全員が、父親の言ったことを信じていなかった。

セスはまた足元を見た。「オーウェンのなにが問題なんだよ、今度は？」最後の言葉にすべての怒りを注ぎこむのを止められなかった。

それを聞くと、母親はなにも言わずにぱっと立ち上がり、キッチンを出ていった。ダンダンダンと階段をあがっていく足音がして、まっすぐオーウェンの部屋に入っていくのがわかった。オーウェンが興奮したように、先週のクリスマスにもらったテレビゲームの説明をしはじめるのが聞こえた。

セスは戸惑って、父親を見た。「なんで母さんはあんなにかっかしてるんだよ？　今のなにがいけなかったんだ？」

父親は顔をしかめたが、セスに対してではなかった。「おまえのことだけじゃないんだ。おまえの弟のスキャンの結果がもどってきたんだ」

「目が原因ってやつ？」

オーウェンの目は数週間前から、ピクピク引きつるようになっていた。テレビゲームとかクラリネットとか、目の前にあるものを直接見るときは、問題ない。でも、歩くとなると、物にぶつかったりつっかかって転んだり、かなり危なっかしくて、この十日で四回も鼻血を出していた。

「神経障害だ」父親は言った。「その……むかしからの」

セスは、ほとんど反射的に目をそらした。

「成長するにつれ、よくなるか、悪くなるかってことだった」父親は言った。

「で、悪くなったわけだ」

父親はうなずいた。「今後も進行する」

「じゃあ、どうするの？」

「手術だ。それから、認知療法。ほぼ毎日になる」

セスはふたたび顔をあげた。「うちにはそのお金はないって言ってなかった？」

「ああ、ない。保険はそこまではカバーしていない。母さんはその費用を稼ぐために、仕事にもどらなきゃならないし、貯金もとりくずすことになるだろう。これからは、かなりきつくなる」

セスの頭がぐるぐる回りだした。弟のこと、金の問題、そして、この秋に始まる大学の学費のこと。そんなことを考える自分が恥ずかしかったが、学費の支払いには、今、父親が言った貯金の一部が必要になるはずだ。もしそれがないとなったら——

「だから、今回のおまえと友だちの件は、いいタイミングとは言えなかったわけだ」

階段の上から笑い声が響いてきた。なにも見えはしないのに、二人ともそちらのほうへ顔を向けた。母親とオーウェンが二人だけの時間を楽しんでいるのだ、いつものように。

「いいタイミングなんて、あるわけ？」セスは言った。

父親はセスの肩をぽんとたたいた。「すまないな。本当にそう思ってる」

けれど、セスが父親のほうを見ると、父親は目をそらした。

第二十四章

次の朝、目を覚ますと、また雨が降っていた。とはいえ、夢が頭の中で鳴り響いていたせいで、気づいたのは、起きてしばらくしてからだった。

ソファーに横になったまま、じっとしていた。まだ上の階にあるベッドでは、寝たことがない。屋根裏の自分のベッドは、たとえ使いたかったとしても、今では小さすぎるし、使いたいとは思わなかった。でも、両親のベッドで寝るのも、なんとなく変な気がする。それで結局、ほこりっぽいソファーで、暖炉の上の馬におそろしい目で見つめられながら眠ることになった。

夢。

胸の重しは、ますます重くなっていた。動くのもままならないほどに。

グドマンドとのことでいちばんよかったのは、それが秘密だったことだ。ああやって二人でいるときは、二人しかいない、二人だけの世界に、二人きりで閉じこもっていられた。彼らが世界であり、世界が彼らだった。だれも、そう、母親も父親も友だちもだれも知る権利のない世界。あのときはそうだった。あのときはまだ。

秘密なのは、まちがったことだからではない。なぜなら、まちがっていないからだ。そうではなくて、あれはセスのものだったのだ。この世でたったひとつ、セスだけが独占してるものだったからこそ、すばらしかったのだ。

しかしやがて、世界が知り、両親が知ってしまった。グドマンドが撮った二枚の写真は、学校の一部の男子が付き合っている女子に送っている写真に比べれば、痛々しいほど純粋だった。でも、それはあまりにもプライベートなもので、ほかの人間の目にさらされるべきものではなかった。今でも思い出すと、セスは怒りと恥ずかしさでからだが熱くなった。

セスの母親の言ったことは正しかった。学校へ通うのは悪夢だった。一瞬にして、全世界が変わって、崩壊し、そこでセスは生きているとさえ言えないような日々を送った。クリスマス休暇が終わって、校庭に足を踏み入れると、そこには自分と〝ほかのみんな〟しか存在しなくなっていた。二つのあいだは遠く離れ、決して手が届かない。学校側はひどいいじめだけは抑えこもうとしたが、すべてを監視することはできなかった。あらゆるところでうわさがささやかれ、セスの携帯は絶え間なく震え、夜になってもずっと震えっぱなしで、冷やかしのメールがひっきりなしに送られてきた。SNSも、セスはもう見ようとも思わなかったが、写真とコメントはあらゆる場所にあるような気がした。セスの秘密の世界は人目にさらされ、あざけりを浴びせられた。

でも、学校をやめるわけにはいかなかった。グドマンドは、両親が今後のことを決めるまで、学校にはこない。いつくるかわからないから、セスは学校にいかなければならなかった。耐えなければならない、ひとりで。

「自己完結してる」――セスのことを、グドマンドはそう言っていた。それを突きつめれば、つまりこういうことだ。セスは、記憶にあるかぎりずっと、自分だけの重荷を背負ってきたような気がしていた。しかも、それぜんぶが、オーウェンのことと関係しているわけでもない。さらに問題なのは、むかしからずっと、同じくらい激しい切望があったということだ。人生にはもっとなにかあるはずだと、この重荷だけじゃないはずだと思う気持ちが。

そうじゃないなら、なんの意味があるんだ？

グドマンドとのことで、もうひとつすばらしかったのは、それだった。二年生の終わりの、あの春の夜に、二人が友だち以上の関係になったとき、ふいに重荷が取り去られ、その一瞬、重力などなくなったような、そんな気がした。ずっと背負ってきた重い荷物をついに下ろしたようなーー
こんなことを考えるのはもうやめなければならないことはわかっていた。先へ進まなきゃならないのも、この場所で生き抜くことだけを考えるべきなのも、わかっていたけど、まるで井戸の底にいて、太陽の光も人生も逃げ道もはるか遠くにあって、彼の声はだれにも届かないように思えた。たとえ助けを呼ぶことができたとしても。

前にもこんな気持ちになったことがある。

セスはそこに横たわったまま、いつまでもいつまでも、雨の音を聞いていた。


結局、今度もまた生理現象で起き上がることになった。用を足し、それから玄関に立った。激しい雨が降り、あちこちに小さな川ができて、泥の中を流れていく。どうして一気に流れていかないのかと思ったが、やがて通りはじわじわとよどんだ川となり、排水溝の詰まったところに大きな池がいくつもできて、泥の中であらゆる物がいっしょくたになって渦《うず》を巻いた。

昨日と同じくらい温かかったので、食洗機用洗剤の塊を取ってきて、服を脱ぎすてると、庭の小道に出て、雨をシャワー代わりにからだを洗いはじめた。

からだじゅうに石鹼の泡をぬり、短く刈られた髪の毛も泡立てると、目を閉じて顔を雨のほうへ向け、洗い流した。なんとなくマスターベーションをしてみようかと思ったが、胸に重みがの

しかかり、あらゆる思い出がせりあがってきた。諦めて、腕を組み、石鹸がゆっくりと洗い流されていくままに任せる。泡が、小道にたまった茶色の水に流れこんでいく。

〝おれがやったのか？〟セスは両腕をぎゅっとからだに巻きつけた。〝おれがこの雨を降らせたのか？　ここをますますみじめにしたのか？〟

セスはじっと立っていたが、やがてからだが震えだした。

結局のところ、雨はそこまで温かくなかった。


雨は一日降りつづいた。通りには水があふれ、片側はひどい状態になりつつあったが、家の近くでは、ほとんどの水が徐々に陥没穴に流れこんで、かなりの深さになっていた。キツネと子どもたちが無事だといいけど、と思う。

それから、ポテトのスープを温めた。缶を火にかけているあいだに、裏庭に出て、デッキと、今ではすっかり濡れてしまった包帯の山を眺めた。空は軍服のようなねずみ色で、雲をひとつひとつ見分けることはできなかった。地平線の端から端まで降りつづける雨だけが見える。地平線はかなり遠そうだった。スープが熱くなると、二口すすったが、すぐに食欲がなくなって、残りはスイッチを切ったコンロの横に置いた。

もちろん、テレビはなかった。コンピューターもない。テレビゲームもない。それよりましなものはないので、仕方なく本棚から本を出した。父親のもので、何年か前、一部だけ読んだことがあった。父親が見ていない隙に、今はアメリカの家にある本棚からこっそり持ちだしたのだ。当時のセスには、あまりに大人っぽすぎる内容だったし、ま、今もそうかもしれないなと思い、セスはにんまりした。本には、楽しいセックスについてたっぷり、それからふざけ半分の隠喩《いんゆ》のあれこれ、さらにわいせつに関する哲学的な考察がえんえんと書き連ねられていた。ギリシア神話の半人半獣の好色な精霊、サテュロスについてはかなり詳しく書かれていて、そのせいでばれたことを、セスは思い出した。だれかが「皮肉《サタイア》」と言ったのを耳にして、てっきりこの本で見た言葉だと思い、父親に意味をきいたのだ（サテュロスは英語読みだとサィター）。長々とよくわからない説明をしたあげく、父親はたずねた。「いったいどうしてそんなことをきくんだ?」それが、読書冒険の終わりだった。そのあと、もう二度と本を持ちだせなくて、結末はわからずじまいだったのを思い出した。

そこで、ソファーにねっころがって本を読みはじめた。外では、雨が降りつづき、時間がたっていく。午後になって、無視できないほどお腹がすいてきて、ホットドッグ用ソーセージの缶詰を温めて半分だけ食べ、残りは冷えたポテトスープの横に置いた。日が暮れはじめると、アウトドア店から持ってきたランタンのひとつに火をつけた。部屋じゅうにくっきりとした影ができたが、本のページが見えるくらいの明るさはあった。

夕食は忘れた。

途中で一度、読むのに集中しすぎて疲れた目をこすりながら考えた。〝本も、それだけでひとつの世界を成してるんだな〟そしてもう一度、表紙を見た。笛を吹いているサテュロスは、彼が物語中でしていることに比べると、はるかに罪のない顔をしている。〝言葉でできた世界なんだ。そこで、少しのあいだ生きることができる〟

「そして、終わりがくる」セスは声に出して言った。あと五十ページほどしか残っていない。とうとう、結末を知ることができるのだ。

そして、永遠にその世界を去る。

どこまで読んだかわかるようにページの端を折り、本をコーヒーテーブルに置いた。

＊

完全に暗くなっていた。セスは、夜のこの世界を見たことがないのに、気づいた。ランタンを取って、雨を避け、ふたたび玄関に立ってみる。雨はだいぶ弱くなったようだったが、まだ降りつづいていた。

揺るぎのない暗さに、目をみはる。ほかに光を放っているものは、ただのひとつもない。街灯も、玄関先の照明も、いつも町の家々の明かりで輝いていた地平線すらない。

ここには、なにもない。あるのは闇だけだ。

セスはランタンを消した。一瞬、世界が完全に消える。そこに立ち、闇へ向かって息を吐き、雨の音に耳を澄ませる。すると、ゆっくりと、本当にゆっくりと、目がぼんやりとした光に慣れはじめる。雲のうしろに隠れている月の光だろう。周囲の闇は徐々に崩れて、家の玄関や庭になり、川の中で渦巻いている泥や、歩道と道路にできた三角洲が現われる。

なにひとつ、活動していない。動いているものはない。

すると突然、雲の切れ間から星が輝きだした。かすかな光だが、闇に比べると、ラッパを吹いているみたいだ。まわりが暗いので、空のわずかな裂け目に、これまで天空で見てきたすべての星を上回る数の星が見える。すると、雲の切れ間が広がって、ますます明るくなり、空を横切るように奇妙な白い光の筋が現われた。なにかわからないが、まるでだれかがこぼしたみたいだ――

ミルクを。

ミルク――ミルキーウェイ。そう、天の川だ。

「すごい」思わずささやき声が漏れた。

空を横切っているのは、本物の天の川《ミルキーウェイ》だった。全銀河系が、今、目の前にある。何万、何億という星。何万、何億という世界。そのすべてが、無限に思える可能性のすべてが、まさに今、ここに存在している。架空ではない、本物の世界が。あそこには、彼が知っている世界よりも、はるかにたくさんの世界がある。ちっぽけなワシントン州の町よりも、ロンドンよりも、いや、イギリスよりも、ずっと大きな世界が。それを言うなら、地獄よりも。

一生目にすることも、一生行くこともないたくさんの世界。永遠に手が届くことはないと、一瞬垣間見るだけでわかる、たくさんの世界が。

ふたたび雲間が閉じる。天の川は消えた。

第二十五章

かなり遅い。ここで、こんなに遅くまで起きているのは初めてだ。疲れていたが、眠りたくなかった。記憶か夢か、とにかく、あんなものをこれ以上受け入れられない。しかも、どんどんつらくなってくる。セスにはわかっていた。考えるのもいやだが、もっとつらい記憶がやってくるだろうと。

もう一度ランタンをつけて、家の中へもどった。そこで、はたと足を止め、なにをしようか考えたが、ふと思いついて、階段のほうへ向かった。屋根裏にいく気はない。こんな、電気もつかない真っ暗な夜に、あそこにある棺おけのことを考えるだけでぞっとする。だが、確か書斎があったはずだ。父親は大学に部屋を持っていたから、たいていは母親が使っていたが、あそこに家族のいろいろな記録があったはずだ。

ランタンを机の上に置くと、たいして期待はせずにコンピューターのスイッチを入れてみた。もちろん、なにも起こらなかった。バカでかいタワーユニットと、笑えるくらい奥行きのあるモニターは、最後にこういうのを見たのがいつか、思い出せないくらいだ。どっちも、真っ暗なままうんともすんとも言わなかった。

机の上に散らばっている紙にざっと目を通す。舞いあがったほこりで、咳きこむ。ほとんどが古い請求書だったが、何枚かの紙には、衝撃的なほどすぐに母親のだとわかる字で、なにか書いてあった。

そのうち一枚に、ラシャデイ警部、とあった。この名前は覚えている。もう八年前だ。オーウェンの捜索のあいだ、うちにいた女性の警部で、セスに何度も同じ質問をくり返したときも、とても優しかった。名前の下に、電話番号と〈メイソンズヒル〉という文字があり、さらにその下に〈警察犬〉と書いてある。こっちについては、はっきりした記憶はなかった。でも、メイソンズヒルのあたりも捜索したはずだ。オーウェンは使われていなかった倉庫で見つかった。匿名の垂れこみがあったのだ。出所はわからずじまいだったが、警察はオーウェンと囚人を発見した。

囚人の——

囚人。

囚人の名前が思い出せない。もう一度、メモを見た。ラシャデイ警部はわかる。ほかの紙にはハイタワー巡査、エリス巡査とある。母親が半狂乱になって電話したあと、最初にきた警官だ。

そして、彼らは捜しにいったのだ、囚人の——

セスは眉を寄せた。オーウェンをさらった男の名前を忘れるなんてことあるか？　オーウェンが危機一髪で逃れた、男の名を？　脱獄しただけでなく、オーウェンを誘拐し、今では複数の罪で、イギリスでもっとも警備の厳重な刑務所に永遠に閉じこめられている男の名を？

「どういうことだよ？」セスは小声で言った。

でも、思い出せなかった。ただの一文字も。まるで記憶の中に、そこだけ空白があるみたいだ。まわりはそのままなのに。男の顔は一生忘れないだろう。あの囚人服も。

やつが言ったことも。

なのに名前が思い出せない。

名前、名前、名前。

忘れるなんてありえない。捜索のあいだ、何度もくり返し聞き続けたのだ。グドマンドが出てきた夢でも、口にしたではないか——

いや、したか?

でも、記憶の中にない。どんなに探しても、ただないのだ。

書類用キャビネットのいちばん上の引き出しに手を伸ばした。なにかあるはずだ。犯人逮捕とか警察の公式声明の新聞の切り抜きとか——

取っ手をつかんで、ハッと手を止めた。キャビネットの上に、写真立てが伏せてある。裏にほこりが積もっていたけれど、手にとってランタンの光に近づけると、すぐにわかった。

全員がいた。セスと、母親と父親、そしてオーウェン。それから、よりにもよって、バカみたいなミッキーマウス。思わず頬が緩む。笑わずにはいられなかった。列車でディズニーランド・パリにいったのだ。今現在十六歳のセスは、あんな旅行はバカみたいだったし、ディズニーランドなんてただのガキの遊び場で、乗り物もアメリカで乗ることになったジェットコースターとは比べ物にならないくらい子ども騙《だま》しだったと鼻で笑おうとした——

でも、本当はそんなじゃなかった。めちゃめちゃ楽しかったのだ。そう、まさにクソ楽《ブラディ》しかった。なにもかもが変わる前、なにもかもが可能に思えたころ。

オーウェンが有罪判決を受けた殺人犯と三日半、行方不明になる前の人生。どうしても名前が頭に浮かばない犯人と。三日と半日のあいだ、警官——たいていは、ラシャデイ警部のように女性だった——は二十四時間ずっとセスの家にいて、両親を安心させようとした。安心させるなんて無理に決まってるのに。母親は逆上とぶきみなほど冷静な状態を交互にくり返し、父親は、一日目に泣きつづけたために処方された薬のせいでろれつが回らなかった。

二人とも、ほとんどセスには話しかけなかった。いや——セスは思い出そうとした。たぶん、ひと言も話しかけなかったような気がする。

その代わり、セスはラシャデイ警部と話した。ラシャデイ警部はまとめた髪を布で包んだ小柄な女性だったが、彼女の物腰にはなにか特別なものがあって、彼女が玄関から入ってきてものの五分で、母親はあれこれ要求するのをやめ、父親の苦悩に満ちた泣き声も静かになった。セスは、ラシャデイ警部が、大人がよく子どもに対してするようなへんなしゃべり方で話しかけてこないのが好きだった。彼女が口にするひと言ひと言が本当のように聞こえた。

ラシャデイ警部は、これ以上ないというくらいやんわりとした口調で、なにが起こったのかをくり返したずねた。なにか思い出すことができたら、どんなにくだらない小さなことに思えても必ず話してね、と彼女は言った。なにが弟さんを見つける手がかりになるか、わからないから、と。

「男の人は、手に傷があったよ」それを言うのは四回目か五回目だった。親指と人差し指で輪を作って、傷の大きさを説明してみせる。

「ええ」ラシャデイ警部は言ったが、ノートには書かなかった。「刺青《タトゥー》を消したあとよ」

「これって大事なこと？　それとも、くだらないこと？」セスはきいた。

ラシャデイ警部はなにも言わずににっこりした。前歯が二本、わずかに曲がっていたけど、月の光みたいに輝いていた。

そうしたことをぜんぶ思い出したのに、男の名前は思い出せなかった。まるでその情報だけが、記憶から抹消されてしまったように。

もう一度写真を見た。オーウェンとミッキーマウスが真ん中で、オーウェンはこんなに口を開けたら痛いんじゃないかってくらい大口を開けて笑ってる。その両側に父親と母親が立ち、ちょっと恥ずかしそうにほほえんでいる。われにもなく心底楽しんでいるのが見て取れる。セスも笑っていた。少し離れたところから、ちょっとはにかんだようにミッキーを見ている。バカでかい派手なスーツと、顔に貼りついたままの笑顔が、怖くてたまらなかったのを覚えている。ミッキー本人はぜんぜんしゃべらないのもぶきみだった。フランス語をしゃべったら、もっとへんだったろうけど。

写真のセスと家族のあいだは、ほんの少しだけ離れていた。でも、それになにか意味を見出す気はなかった。ただの偶然で、たぶん、ミッキーから離れようとして下がったときに、シャッターが押されたんだろう。

なぜなら、セスもまだ笑っていたから。そのときはまだ。

〝これからなにが起こるか、知らないのだ〟セスは思う。そして、写真をキャビネットの上にもどす。

そして、一度も振り返らずに、書斎を出て、ドアを閉めた。

第二十六章

夜明けがくるまで、眠らないようになにかをしつづけることにした。サテュロスの本は読みかけのままコーヒーテーブルの上に置きっぱなしにして、新しい本に没頭した。うとうとしはじめると、立ち上がって、部屋を歩き回った。スパゲティの缶を温めたが、また半分だけ食べて、食べかけのスープとソーセージの缶の横に置いた。

夜が明けると、雨もわずかに弱まった。今はそれより霧が濃い。外ではまだ、そこいらじゅうで泥水が渦を巻いていた。

睡眠不足のせいで、妙にハイになってきた。今いちばんしたいのは、ランニングだ。死んだときは、クロスカントリーのシーズンはとっくに終わっていたし、冬のあいだは天気が悪いので、数回しか走りにいけなかった。

だが、母親はまるで腹いせみたいにランニングを続けていた。天気が悪ければ悪いほど、いいようだった。汗びっしょりでもどってくる。吐く息が白い。「ああ、最高だったわ」うなるように言って、玄関を入ったすぐのところでハアハアと息をつき、ペットボトルの水をぐいと飲む。母親がいっしょに走ろうとセスを誘ってから、もう何年もたつ。

誘われれば、いったってわけじゃない。

でも、もしかしたらいったかもしれない。いや、いかなかっただろう。でも、いったかもしれない。

でも、懐かしかった。走るのが。こうしてこの家に閉じこめられていると、これまでにも増して走りたくなる。走るときのリズムや、呼吸が徐々に一定になるようす、世界が自分に向かって倒れてくるような感じ。自分はじっと立っていて、その下で地球のほうが回転してるような、あの感覚。

走るのは孤独だ。でも孤独だが、寂しいのとはちがう。ものごとを整理することのできる孤独なのだ。もうずっとそれを味わっていない。

だから、あの冬が終わるころには、なにもかもがぐしゃぐしゃになってたんだ。

もう一度、正面の窓の外を見た。霧がまだ立ちこめ、世界は灰色だった。

「今度、太陽が出たら、おれは走る」声に出して言う。


だが、そのあとずっと、夕方まで家から出られなかった。家の中の時計はとうぜんすべて止まっているので、時間がどのくらいの速さで過ぎているのか、想像するしかなかった。

なによりも、眠るのが怖かった。眠らないように、ばかげたことを片っ端からやった。声を限りに歌ったり、完璧な逆立ちに挑戦したり、アメリカの五十州ぜんぶを思い出す、というのもやった(四十七までいったが、バーモント州まできたときに、頭がどうかなりそうになって、やめた)。

ふたたび夜がくると、寒くなってきた。ぜんぶのランタンに火をつけ、二階の両親の部屋にいって、毛布をくすねてくる。それでからだをくるみ、リビングをいったりきたりしながら、なんでもいいからなにか考えて、眠気と退屈を遠ざけようとした。

眠気と退屈と、そして寂しさを。

毛布をマントみたいに巻いたまま、ハッと足を止めた。

寂しさ。疲労がたまりにたまったところへ、この場所のおそろしいほどの寂しさが襲いかかる。セスを呑みこんだ、あの波のように。

ここにはだれもいない。セス以外、だれもいないのだ。ただのひとりも。

これからもずっと。

「クソ」セスはつぶやくと、さらに足を速めた。「クソ、クソ、クソ」

また水中にもどったみたいに、必死で息を吸おうとする。凍るように冷たい波の下に引きずりこまれたかのように、のどがふさがれる。〝戦え〟パニックを起こしつつ、考える。〝戦うんだ、クソ、クソ――〟

自分が小さなうめき声を漏らしたような気がして、部屋の真ん中で足を止める。どんどん遠のいていく空気を求めるように、顔をあげる。

「こんなの無理だ」頭上のぼんやりした闇に向かってささやく。「こんなの無理だ。ずっとなんて。お願いだから――」

手を曲げて、また伸ばす。ふいに毛布が彼を窒息させ、下へ引きずりこもうとしているような気がして、からだから剝《は》ぎとり、床に捨てる。

〝もう耐えられない。助けてくれ、もう耐えられないんだ――〟

そのとき、ランタンの光に照らされて、歩き回ったときに毛布のすそが床のほこりの上に描いた模様が目に入る。きれいになった床板に光が反射して、かすかに光っている。

くしゃくしゃに置いてある毛布を足でどけると、その下のほこりが拭き取られ、すーっと線がついた。そのまま壁際まで押しやると、さらにほこりが拭き取られる。毛布を持ちあげてみた。下側は汚れてたが、たたんできれいな面を表に出すと、今度は壁にそって床の上を暖炉まで押していった。

うしろを見る。床の上に太い線がつき、その部分はそこそこきれいになっていた。

また毛布をたたみ直し、壁にそってぐるりと一周した。それから、ソファーのまわりを回り、必要に応じてたたみ直しながら、とうとうほとんど拭いてしまった。汚れた毛布をキッチンの真ん中に投げ捨て、また別の毛布を取ると、今度は四角くたたんで、食卓を拭いた。舞いあがったほこりで咳《せき》が出たが、さらにもう一度拭くと、ほとんどピカピカになった。

それから小さめの毛布の端をシンクで濡らして、残っていた頑固な汚れをこすり落とし、壊れたテレビに移った。毛布が汚くなるたびに、キッチンの床に積み重ね、別のを使った。そのうち二階のリンネル用戸棚までいって、カチカチに硬くなったタオルやシーツを出してきて、それで暖炉と窓枠を拭いた。

一種の恍惚《こうこつ》としたトランス状態に陥り、頭の中は空っぽになって、からだを動かすこと以外考えられなくなり、病的なほどその一点に取りつかれ、もはや止めることもできずに、セスはその感覚を行動に注ぎこんだ。本棚をきれいにし、収納スペースの扉の板と、食卓の椅子を拭く。食卓の上にさがっている照明のくもの巣を取ろうとしたときに、うっかり電球を割ってしまったが、破片はただ毛布に包み、キッチンの使用済み毛布の山に加えた。

ソファーの上にかかっている鏡のほこりも拭き取ったが、まだ汚れがこびりついていたので、濡らした布きれを鏡に押しあて、ごしごしと何度もこすった。

「ほら」自分が声を出していることもろくに気づかなかった。「ほら、ほら」

いったんうしろに下がって、息をついた。そしてまた腕をあげ、取りかかろうとしたとき――ランタンの光で、自分の姿が映っているのが見えた。

やせ細った顔、短く刈りこまれた髪。鼻の下とあごに黒いひげが生えてきている。一生ひげは無理だとあきらめた頬には、そんなに生えていなかった。

目を見る。だれかに追われてるか、さもなければ、なにかに取りつかれているような目。鏡には、背後の部屋も映っていた。なにかの発作にでも襲われたみたいに掃除を始める前より、百倍も住み心地がよさそうに見える。いったいなんだったのか、自分でも説明できない。

でも、結果オーライだ。部屋はきれいになった。少なくとも前よりはきれいだ。死にかけた馬のおそろしい、あまりにおそろしい絵のほこりさえ、きれいにした。あらためて鏡に映っている絵を眺める。血走った目や、とがったとげのような舌を。

そして、思い出した。

今の掃除。片づけ。秩序への異常な執着。

前にもしたことがある。アメリカの自分の部屋で。

「うそだろ」セスは声に出して言った。「うそだ」

家を出る前に、最後にしたことだった。

浜辺へいく前に。

死ぬ前に、最後にしたことだったのだ。

第二十七章

「おれだって、最低だと思ってるのは、わかるだろ？」グドマンドはきつい口調でささやいた。「嫌に決まってるじゃないか」

「だけど、こんなの無理だ」セスは言った。「こんなふうにただ……」

その先は言えなかった。その言葉を口にすることさえ、できなかった。

〝いなくなるなんて〟

グドマンドは、車の運転席からそわそわしたようすで家のほうを振り返った。一階の明かりがついている。グドマンドの両親はまだ、起きているのだ。グドマンドがいないのにいつ気づいてもおかしくない。

セスは寒さを防ぐように腕をきつく組んだ。「グドマンド――」

「ベテル私立高校に転校して卒業しなきゃ、大学の学費は出してもらえない。なあ、セッシー」グドマンドはほとんど嘆願するように言った。「うちの親は、あのことですっかりびびっちまってる」そして、怒りで顔をゆがめた。「みんながみんな、リベラルなヨーロッパ人の親がいるわけじゃないんだ――」

「うちの親はリベラルなわけじゃない。今じゃもう、おれのことを見ようともしない」

「前だって、ろくに見てなかったじゃないか」グドマンドは言ってから、セスのほうを見た。「悪い、そういう意味じゃないんだ」

セスは答えなかった。

「永遠ってわけじゃない。大学でまた会える。なんとか方法を考えて――」

でも、セスは首を横に振った。

「え？」

「父さんの大学にいかなきゃいけないんだ」セスはうつむいたまま言った。

グドマンドは驚いてビクンとした。「なんだって？　でも、前に――」

「オーウェンの治療に金がかかるんだ。大学にいきたいなら、教職員割引を使えるところじゃなきゃならない」

グドマンドはショックで口を開けた。二人の計画とはちがう。ぜんぜんちがう。二人で同じ大学にいって、同じ寮の部屋をシェアするつもりだったのだ。

二人で、家からはるか離れたところへいって。

「うそだろ、セス――」

「いかないでくれ」セスは首を振りながら言った。「今はいかないで」

「セス、どうしようもないんだ――」

「いやだ」セスの声がかすれた。なんとかこらえようとしながら、セスは言った。「お願いだから」

グドマンドはセスの肩に手をのせた。セスはぱっとからだを引いたが、本当はその感触こそ、なによりも求めているものだった。

「セス」グドマンドは言った。「うまくいくから、大丈夫だ」

「どうやって？」

「これだけが、おれたちの人生ってわけじゃない。こんなのぜんぜんちがう。これは、ただの高校生活なんだ、セッシー。永遠に続くわけじゃない。それはまちがいない」

「あれ以来――」セスは窓に向かって言った。「新年のあと、おまえがこなくなって以来――」

セスは口を閉じた。どんなにひどかったか、グドマンドに言うことはできない。人生最悪のときだった。学校はほとんど耐えがたかった。丸一日、本当にひと言も話さないまま過ぎることもあった。何人か――ほとんどは女の子だったけど、今回のことはひどいと思うと言おうとしてくれたけど、それさえ、三人の親友がいたのに今ではだれもいないことを思い知らされるだけだった。グドマンドは、親に学校を辞めさせられ、Hは別の友だちとつるんで、セスには話しかけようともしなかった。

それに、モニカ。

モニカのことは、考えるのさえ嫌だった。

「あと数ヶ月だ」グドマンドは言った。「がんばるんだ。おまえならやれる」

「グドマンドがいなきゃ、無理だ」

「セス、お願いだから、そういうことを言わないでくれ。おまえにそんなこと言われるのは、耐えられない」

「おれにはおまえだけなんだ、グドマンド」セスは静かに言った。「おまえはおれのすべてだ。ほかにはなにもないんだ」

「そんなこと言うな。おれは、だれかのすべてになんかなれない。たとえセスでも。今回のことで、頭がどうかなりそうなんだ。別のところへいかなきゃいけないなんて、耐えられない。だれかを殺してやりたい！　でも、おまえがどこかで生き抜いて、がんばってるってわかってれば、おれも耐えられる。これが永遠に続くわけじゃない。おれたちには未来がある。本当にある。なんとか方法を考えよう、な、セス。おい、セス？」

セスはグドマンドを見た。そして、今まで見えてなかったものに気づいてしまった。グドマンドはすでにここにはいないということに。頭はすでにベテル高に、百キロ離れた場所に飛び、そこよりさらに遠いウィスコンシン大学かワシントン州立大学での未来を生きているのだ。おそらくその未来には、セスも入っているかもしれない。グドマンドの未来には二人の場所があるのかもしれない――

でも、セスにはここしかない。その未来にセスはいない。セスには、この想像を絶するような現在しかないのだ。

どうすればここから抜けだして、その未来へいけるかわからないのだ。

「これだけじゃない、これ以上のものがあるんだ。今の状態は信じられないほどクソだけど、でも、これ以上のものが必ずある。おれたちはそこへいけばいいだけなんだ」

「そこへいけばいいだけ」セスはささやくのとほとんど変わらない声でくり返した。

「そうだ」グドマンドはふたたびセスの肩に触れた。「お願いだから、耐えてくれ。おれたちはやれる。約束する」

そのときドアがバタンと開く音がして、二人は飛びあがった。「グドマンド！」グドマンドの父親が玄関のポーチから、近所の人が目を覚ますくらい大声でどなった。「すぐ返事をしろ」グドマンドは窓をさげた。「ここだよ！　ちょっと外の空気を吸いたかったんだ」グドマンドはさけび返した。

「おれがなにもわからないバカだと思ってるのか?」グドマンドの父親は、セスとグドマンドが車を停めている闇をすかすように目を細めた。「今すぐもどってこい!」

グドマンドはセスのほうを振り返った。「メールで話そう。電話もできる。絶対連絡し合おう。約束する」

そして、前に身を乗りだし、最後にもう一度、唇を押しつけた。グドマンドのにおいが鼻を満たし、がっしりとしたからだがセスをシートに押しつけ、両腕がセスの上半身をぎゅっと抱きしめ——

そして、いってしまった。グドマンドは車から降りると、玄関ポーチの明かりのほうへ急いでもどりながら、父親と言い合いを始めた。

セスはそのうしろ姿を見ていた。

そして、グドマンドがバタンと閉められたドアの向こうに消えるのと同時に、自分の中のドアも閉じられたような気がした。

現在のドアというドアがすべて閉まり、彼を中に閉じこめる。

永遠に。

第二十八章

自分が床の上にいることに気づくのに、しばらくかかった。横になった覚えはなかったが、何時間もそうしていたかようにからだじゅうがカチカチにこわばっていた。

セスは起き上がった。少し軽くなった気がする。

まるで空っぽになってしまったみたいに。

夢の重さがこの部屋のどこかにあるようで、ぼんやりと感じるのだが、自分自身の重さは感じない。まるで——

無になってしまったみたいだ。なにも感じない。

立ち上がった。眠ったことで、少し体力が回復した。両手を曲げ、首を回して、ストレッチをする。

ブラインドの隙間から、日の光が細い筋になって差しこんでいた。

雨はやんだのだ。太陽がもどってきた。

昨日、走ろうって誓ったろ?

頭をはっきりさせようとしながら、短パンと新しいTシャツに着替えた。靴は厳密にはランニング用ではないが、なんとかなるだろう。ペットボトルの水を持っていくかで悩んだが、置いていくことにした。

朝食は抜いた。この一日半、ほとんど食べてないが、胸のうちである決意が固まり、それがエネルギー源となっていた。

浜に下りていったときと同じ決意だ。

頭の中でそれをスライドさせ、反対側から出す。

今朝はなにもない。

なにも。

ランニングだけ。

玄関を出たが、ドアは閉めなかった。

そして走りだした。


あの日の午後は、寒かった。家を出たときはおそらく氷点下だったと思う。はっきりした理由もわからないまま、それどころか掃除しているという自覚すらないままに、自分の部屋を隅々まできれいにし、すべてのものをあるべき場所にきちんと、きれいに、そしてこれで最後にしまい、やり残したことはないようにした。

母親はオーウェンを連れて治療にいっていた。父親はキッチンで作業している。セスは階段をおりて、リビングへいった。部屋に入ると、おじさんの描いたあの絵に目が吸い寄せられた。恐怖と苦痛に永遠にとらわれた馬は、セスが外へ出て、玄関のドアを閉めるのをじっと見送っていた。

浜までたっぷり三十分あった。空は今にも雪になりそうだが、まだ降りだしてはいない。その日の海は、いつもの冬の海に比べるとやや恐ろしさがやわらぎ、波も低かった。だが、それでもなお、手を伸ばし、つかみかかってくる。浜も変わらず岩が突き出ている。セスはしばらくそこに立っていたが、やがて靴を脱ぎはじめた。

*

乾きつつある泥の上に足跡を残しながら、電車の駅へ向かった。こんなふうに使うのはひさしぶりなので、足がギシギシうめいている。アパートメントのあいだの階段を駆けのぼり、駅へ向かう。

最初の汗がふきだし、額から滴る汗のしずくで目がチクチクする。太陽が照りつける。息が重い。

走る。

走っているうちに、記憶がよみがえる。

速度をあげる。記憶から逃れるように。

岩のあいだに砂地になっている場所があり、セスはそこに立って、まず片方の靴を脱ぎ、それからもう片方も脱いだ。そして、注意深くそろえて置くと、岩の上にすわって靴下を脱ぎ、たたんで靴の奥深くに押しこんだ。

気持ちは……穏やかとは言えなかった。穏やかとはちがう。でも、靴下をきちんとたたむことに集中していないと、苦しみから解放される安堵のあまり気を失いそうな気がした。

ようやく。やっと。とうとう、という安堵で。

もうこれ以上なにもないのだ。これ以上の苦しみも、これ以上重荷を背負うこともない。セスはいったん手を休め、胸が締めつけられるような感覚を払い落とそうとした。

そして、息を吸った。

*

駅の改札を飛び越えて、足音を響かせホームへの階段をあがっていく。電車のほうは見ずに、線路の上の陸橋へ向かう。イノシシの声や足音は聞こえなかった。四方を囲まれた巣の中で、暑い日を寝て過ごしているんだろう。

階段を上がって、橋を渡り、反対側におりる。


上着を脱いだ。そうするのが正しいような気がしたからだ。下にはTシャツしか着ていなかったから、むきだしの腕に風が突き刺さった。ガタガタ震えながら、上着をたたんで、靴の上に置いた。

自分の存在を感じていたが、同時に切り離されているような気もした。高いところから自分を見下ろしているような感じだ。靴も履かず、上着も着ずに、海を見つめている少年を。

まるで待っているかのように。

でも、なにを?

なんにしろ、待っているものはこない。

それから「用意はできた」と自分にささやく。

驚いたことに、ふいに悲しみがわきあがってきて、打ちのめされそうになる。そう、今言ったことは本当なのだ。

用意はできている。

そして、海へ向かって歩きだした。

駅の反対側の改札も飛び越え、出口から出る。最初の幹線道路に向かって斜面を下っていくと、足に痛みが走る。だが、筋肉が目を覚ましはじめ、記憶を取りもどしていくのを感じる。走っていたころの記憶を――

そして、焼け野原へ最初の一歩を踏みだす。

あらゆるものが死んでいる中へ。

水の冷たさにショックを受ける。容赦ない冷たさ。最初の数歩だけで、思わずあえぐ。腕を駆けのぼるように鳥肌が立ち、細い黒い毛がほとんど垂直になる。足首までしかない十センチちょっとの深さで、すでに溺れかけているように感じる。

そして、たとえ溺れなくても、寒さで死ぬということに気づく。

かろうじてまた一歩進む。

そしてまた一歩。

ここはあまりにも静かで、自分の足音と息をする音しか聞こえない。最初の通りは、すべてがぺしゃんこにつぶれ、黒焦げになった地面だけが左右に広がっていた。灰の塊を蹴飛ばすと、日差しを受けて乾きつつあった灰が、雲のようにたなびいた。
ふたたび前へ目を向ける。
メイソンズヒルのほうへ。

足は冷たさで青くなっていた。岩から岩へ進むごとに、どんどん感覚がなくなっていく。バシャバシャと深いところに入っていくにつれ、新しい衝撃がナイフのように切りつける。それでも、進みつづける。水は膝まできて、腿まできて、ジーンズが濡れて黒くなる。ここの海は遠浅だったが、もう少しいくといきなり深くなり、あとは泳がなければならないことはわかっていた。潮の流れも強く、なにも知らないで泳いでいくと、あっという間にさらわれ、浜にそびえる岩にたたきつけられる。

今では、あまりに寒くて、皮膚は酸に浸したように痛んだ。一段と大きな波がきて、Tシャツに跳ねかかり、思わず悲鳴が出る。震えはもはや抑えられず、無理やり前へ進んでいく。

さらに大きな波がきて、バランスを失いかける。すぐにまた次の波がくる。これ以上立っていられない。足の指で海底から突き出ている岩にしがみつくが、潮流で前へうしろへと引っぱられる。セスは自分を解き放とうとする。波に頭から突っこみ、さらに冷たい沖へと向かって泳ぎはじめる、そこで待ちかまえている恐怖に満ち満ちた自由へ向かって。

ここまできた。ここまでたどり着いたのだ。あともう少しだ。そして、ここまできたのは、ほかならない自分の力なのだ。

もう少しで終わる。もう少しでたどり着く。

今まで、そう、これまでの人生で一度も、自分の力をこんなに感じたことはなかった。

別の通りに入ると、コンクリートの枠組みがまだ残っている家もちらほらあった。だが、あとは中も外も完全に焼き尽くされている。家だけでなく、店や、もっと大きな建物もあった。すべて黒焦げで、空っぽで、死んでいる。

のどが焼けるように痛い。水を持ってくるべきだった。でも、そんな考えも一瞬浮かんだだけで、すぐに頭から追いだす。

メイソンズヒルはまだ地平線上にとどまっている。あそこにいきさえすればいい。

空っぽになった気がする。なにも感じない。

永遠に走れるような気がする。

力がみなぎる。

するると、これまでいちばん大きな波がセスを呑みこみ、凍るように冷たい水の中へ引きずりこんだ。刺すような冷たさに、電気ショックを受けたかのように痙攣《けいれん》が走る。水中でからだをひねるようにして浮かびあがり、突き出た岩で頭がい骨をたたき割るところを危うく避ける。

海面に顔を出し、ゴホゴホと咳きこんで水を吐きだしたとたん、また波が襲ってくる。ふたたびぐっと持ちあげられ、足をバタバタさせて立てるところを探すが、あっという間に引き波に捕まる。海水を吐きだすが、またすぐに波に呑みこまれる。

(セスは戦った。それでも、戦ったのだ――)

寒さは強大で、生き物のようだ。ありえないほど短時間で、筋肉はまともに動かなくなり、海面に顔を出した瞬間だれもいない浜がまだ見えるのに、それもみるみる遠のいて、ぐんぐん岩のほうへ流されていく。

もう遅い。

引き返すことはできない。

（それでも、自分が戦っているのはわかった――）

＊

セスはスピードをあげた。息が荒く、切れ切れになる。記憶を押しやり、根づかせまいとする。

〝やってみせる。丘までいってみせる。あともう少しだ〟

次の通りも、その次の通りも、空っぽの建物が墓石のように空へ向かって立ち並んでいる。肺のゼイゼイという音が大きくなり、足の力が衰えていく。

〝やってみせる。頂上までのぼるんだ――〟

少年は走っていく。


少年が溺れている。

最後の瞬間に彼の命を奪うのは、水ではない。寒さだ。寒さがからだのエネルギーを奪い、筋肉を痛みで使い物にならなくする。必死でもがくが、海面に顔を出していることはできない。少年は強く、若く、もうすぐ十七歳だが、真冬の波はひっきりなしに押し寄せ、しかも、どんどん大きくなっていく。少年は木の葉のように翻弄され、何度も回転し、下へ下へと波に押しこまれていく。

走っているあいだ、最終目的のことは頭になかった。少なくとも言語化はされていなかった。ただ意志があるだけ。軽さがあるだけ。

すべてが終わるという軽さ。すべてを手放す軽さが。

そして海は唐突に、これまで遊んでいたゲームを、彼をぎりぎりまで生かし、ひょっとしたら勝てるかもしれないと思わせる残酷なゲームを、終わりにする。

波が一気に押し寄せ、少年は硬い岩にたたきつけられる。右の肩甲骨が真っ二つに折れるボキッという音が、水中、しかもこの激しい潮流の中で、はっきり聞こえる。容赦ない痛みに思わず悲鳴をあげるが、たちまち凍るような塩水が口の中に入ってくる。咳きこんだとたん、今度は肺まで水が入りこむ。肩の強烈な痛みにからだを折り曲げる。視界がかすみ、四肢が麻痺する。もはや泳ごうとすることもできず、波に抗えぬまま、またもやひっくり返される。

〝助けて〟それしか考えることができない。そのひと言だけが、頭の中で響く。

〝助けて〟セスは心の中で言う――

メイソンズヒルの片側は、切り立った崖になっている。この距離からでも、それが見える。下のコンクリートまで十五メートル――

〝助けて――〟

そしてとうとう、波は最後にもう一度少年を捕らえる。勢いをつけるかのようにぐっとうしろへ引き、少年を頭から岩に向かって投げつける。

＊

だが、彼は自由になれなかった。

ここで目を覚ましたのだ。

この、なにもない場所で。

彼が遺《のこ》してきたものよりも、もっとおそろしい寂しさしかない場所で。

もはや耐えることのできない寂しさしか――


もう少しだ。あともう一度曲がれば、着く。あともう一本長い通りを抜ければ、丘のふもとだ。セスは角を曲がった――

すると、目の前に延びる道路の向こうに、黒いバンが見えた。

バンは走っていた。

第二十九章

いきなり止まろうとしたので、転んでしまった。積もった灰に両手が埋もれる。

バン。

セスと反対方向に走っていく。

だれかが運転しているバンが。

ゆっくりと遠ざかっていく。低い雲のように灰を巻きあげる。どう見ても本物だ。

地獄には、ほかの人間もいるのだ。

セスはよろめきながら立ち上がると、よく考える間もなく両腕をかかげ、大きく振っていた。

「待ってくれ！」セスはどなった。「待って！」

するとすぐにバンは止まった。かなり距離があり、乾きかけの灰から立ちのぼる熱気で揺らめいて見えたが、止まったのはまちがいなかった。

彼の声が聞こえたのだ。

セスはじっと見ていた。心臓が激しく打ち、肺はあえいでいる。

バンのドアが開いた。

すると、うしろから二本の手が伸びてきて、セスの口をふさぎ、引きずり倒した。

第二部

第三十章

二本の手にうしろに引っぱられ、セスはのけぞってよろめいた。抵抗しようとしたが、栄養不足と睡眠不足、ランニングと、胸にのしかかる重みのせいですっかり弱っているのに気づく。転ばないようにうしろに数歩下がるだけで精いっぱいだ——

だが、この手は妙に小さい——

崩れた建物の外壁のほうに引っぱられていく。以前は数階建てのビルだったのだろうが、今は壊れたコンクリートの壁だけが残り、不自然なほど暗い影に包まれている。

こんなところに連れこまれたら、なにをされてもおかしくない。

セスはがくんと身を沈め、敵も道連れにして灰で覆われた舗道に倒れこんだ。

「痛い！」相手がさけび、セスはぐるりとからだを回転させ、げんこつを振りあげた——

が、相手は小さな男の子だった。

せいぜい十一歳か十二歳ってところだ。セスよりゆうに三十センチは低い。妙にぎこちなく感じたのもあたりまえだ。サルがキリンにぶらさがってるようなものだったんだから。

「やめて！」男の子は明らかにパニックを起こしてる。「逃げなきゃ！」

男の子はすでに立ち上がり、セスのうしろのバンのほうを見ていた。セスも振り向いた。熱気がゆらめき、車のとなりに人影が見えるような気がするが、はっきりしない――

男の子はセスのTシャツをつかんだ。「はやく！　きて！」

セスは男の子の手を払いのけた。「はなせ！」

「だめだよ、きて」男の子は言った。なまりがある。東ヨーロッパっぽい。男の子のうしろを見ると、焼けた建物の前の灰の中に自転車が転がっていた。男の子が振り返って、さけんだ。「レジーン！」

建物の影から、背の高いがっしりした黒人の少女が現われた。セスの年齢に近い。年上かもしれない。自転車を漕いでこっちへ向かってくる。少女のうしろから、太陽の光が帯のように差しこんでいる。壁に穴かなにか開いているにちがいない。そこを通ってきたのだろう。息を切らしながら、少女はセスをにらみつけた。「かんべんしてよ。足、速すぎ」

「きみたちはだれだ？　いったい――」

「逃げなきゃ！」男の子はさけんで、道路の向こうを指さした。「〈ドライバー〉が！」

三人はいっせいにそちらを見た。バンのドアは閉まっていた。バンはふたたび発進し、ゆっくりと回りはじめた。

こっちへUターンするつもりなのだ。

少女は自転車から飛びおりた。顔に恐怖の表情が浮かんでいる。「トミー！　隠れて！」少女はさけんだ。男の子は自転車を受け取ると、自分の自転車もつかみ、建物の影のほうへ引きずっていった。少女は両手でセスのシャツをつかむと、いっしょに引っぱっていこうとした。

トミーと呼ばれた男の子より、はるかに力が強い。

「はなせ」セスはもがきながらどなった。

少女はセスにぐっと顔を近づけた。「今すぐいっしょに隠れないと、死ぬことになるわよ」

「うそじゃないよ！」男の子が低い壁の向こうから、不安でいっぱいの顔を出してさけんだ。

「お願いだからきて！」そしてまた、壁のうしろに消えた。壁の向こうに、ありあわせのコンクリートのがれきでつくった洞穴みたいなものがある。男の子は自転車を引っぱってそこへ入っていった。

少女はまだセスのシャツを引っぱっている。破れそうだ。だが、セスは無視して、もう一度道路のほうを見た。バンはUターンし、こっちへ引き返しはじめていた。

〝どういうことだ？　マジでなんなんだよ？〟

少女は怯えたような悲鳴をあげると、セスのシャツを離し、建物の中へ逃げていった。

それでセスもついに心を決めた。少女の恐怖を見て。

セスは少女のあとを追って、闇《やみ》の中に入った。


中は黒々とした深い影に覆われ、一瞬、なにも見えなくなった。

「早く！」少女は言って、セスを引っぱって低い壁を乗り越え、狭いくぼみにもぐりこんだ。男の子と二台の自転車のせいで、ますます狭くなっている。それを見て、どうして自転車を探すってことを思いつかなかったんだろうと思う。

「なんなんだよ、これじゃ、見つかるだろ――」

「さっきの道をもどったと思うわよ」少女は言った。「運がよければね」

「運が悪ければ？」

少女は指を立てて、セスを黙らせた。

すると、セスにも聞こえた。

バンのエンジン音だ。すぐそこまできてる。

男の子が泣き声を出した。「くるよ」

男の子と少女は小さなくぼみのさらに奥へ、からだを押しつけた。こうしてみると、三人が隠れるには哀れなほど狭い。自転車にぴたりと身を寄せる。汗がふきでて、あえぎながら、音を立てないようにする。

バンが止まった。ドアが開く音が聞こえた。

胸の前を腕が横切った。男の子が少女のほうへ手を伸ばしたのだ。少女がその手を取り、ぎゅっと握りしめる。

全員息を止める。

ザクッザクッと灰を踏む足音がする。ひとりだ、とセスは思った。ひとりぶんの足音しかしない。

それから見た。建物の影の中に入ってくる姿を。

この暑さだというのに、指先から首まで一ミリの隙間もなく黒い合成繊維のような素材で皮膚を覆ってる。ウェットスーツみたいだ。顔は、光沢のあるヘルメットをかぶっているせいで見えない。鼻とあごのところがわずかにでっぱっているが、黒い金属の表面にはなにもついていない。

屋根裏部屋にある棺おけにそっくりだ。

右側から、かすかに息の漏れる音がした。暗い影の中で、男の子がぎゅっと目をつぶり、ものすごい速さで唇を動かしているのが見える。祈りを唱えているみたいだ。

そいつはセスたちの目と鼻の先で立ち止まった。横向きの姿が見える。こっちを振り向いたら、そう、もししゃがんで、奥を見たら――

しかし、そのまま壁のくぼみの前を通り過ぎ、セスの視界から消えた。少女が息を吐くのを感じた。しかし、少女はまた息を止めた。もどってくる。そしてまた足をとめ、灰についた跡をじっと見た。たどれば、見つかってしまう。そいつの手には、黒々とした棒が握られている。どう見ても、本物の武器だ。

男の子が〈ドライバー〉と呼んだ者には、説明のできない怖ろしさがあった。人間の形をしているが、服の黒さや、からだの動かし方にどこか――

人間とは思えないものがある。

慈悲がないのだ。それだ。泣きついたところで無駄だ。それでも、きっと彼を殺す。少女が言ったように。殺さないでくれと言ったところで無駄だし、なぜ死ぬことになったのかもわからないまま、命を絶たれることになるだろう。

〈ドライバー〉は三人が隠れているくぼみのほうへやってきた。

セスは、自分の胸の前で、男の子の手がますます強く少女の手を握りしめるのを感じた――

だが、そこで〈ドライバー〉は足を止めた。そしてまるまる一秒間じっとしていたが、やがてうしろに下がり、あっという間に歩き去った。バンのドアがバタンと閉まる音が聞こえ、エンジンがかかり、バンは遠のいていった。

「神さま、ありがとう」男の子はささやいた。

さらにもう少し待って、まちがいなく〈ドライバー〉がいなくなったのを確信すると、三人はようやくくぼみから這いでた。男の子と少女が、斜めに差しこんだ光の中に立った。男の子はおどおどしているように、そして少女は挑戦的に見えた。

「きみたちはだれ？」セスはきいた。「それに、今のあれはなんなんだ？」

二人はじっとセスを見つめた。それから男の子の顔がくしゃっとなり、涙があふれ出た。少女はあきれたように目を回したが、両腕を広げた。男の子はその中に倒れこむと、ぎゅっと腕をまわして、わんわん泣きはじめた。

第三十一章

「だれなんだよ?」セスは二人を見つめたまま、もう一度きいた。「どういうことなんだ?」

「この子はすぐ泣くの」少女は男の子を抱きしめたまま、言った。「ポーランド人の気質なんじゃないの」

「おれがきいてるのは、そんなことじゃない」

「わかってるわよ」少女は男の子を放した。男の子はまだあごを震わせている。「大丈夫よ、トミー。大丈夫」

「安全ってこと?」男の子がきいた。

少女は肩をすくめた。「まあ、ある程度はね」

イギリス人だ、としゃべり方を聞いて思った。目の下には疲れてクマができているし、服は、セスと同じで新品と灰だらけのものがまざっている。背はかなり高くて、セスよりも大きく、髪はぎゅっとうしろに引っぱって、クリップで留めてあった。一方、男の子はちょっとこっけいなくらい背が低かった。それに、髪はみごとなほどくしゃくしゃで、オーウェンそっくりだ。弟のことを思い出して、一瞬、胸の奥が痛む。

「あたしはレジーン。こっちはトマシュ」少女は紹介した。そして、二人とも期待するようにセスのほうを見た。

「セスだ。セス・ウェアリング」

「アメリカ人ね。意外」レジーンが言った。

「どうしてアメリカ人だってわかるの？」トマシュがきいた。

「アクセントで」

トマシュははにかんだように笑った。「ぼくにはまだ、そこまでわからない。二人とも同じに聞こえる」

「生まれはイギリスだ」セスはまた戸惑いがふくらむのを感じながら言った。「ここで生まれたんだよ。っていっても、ここがなんだか、よくわかってないけど」

レジーンは自転車を外へ引っぱりだしながら言った。「トミーはセスと乗って」トマシュは大きな声でうめいたけど、自転車を受け取った。それからレジーンはセスに向かって言った。「いくわよ。ここでうろうろしてるわけにはいかないから」

「いっしょにいってことか？」

「言い争ってる時間はないの。きたってこなくたっていいけど——」

「レジーン」トマシュはショックを受けてさけんだ。

「ここにいたら、〈ドライバー〉に見つかって、死ぬことになるわ」

セスは答えなかった。どう答えたらいいか、わからなかった。レジーンはじっとセスを見つめている。セスのランニングウェアと水分が足りなそうなようすを見て、どうしてあんながむしゃらに、迷いなく走っていたのか考えているのがわかる。それから、セスの背後にちらりと目を向けた。うしろの景色へ。

メイソンズヒルのほうへ。

メイソンズヒルはすぐそこだった。今、二人を振りはらって走り、ふもとまでいけば——でも、今はもう、目的はあいまいになっていた。解放されたいという感覚は消えていた。彼を頂上へと駆り立てていたあの感覚は。

切り立った断崖の縁へと。

二人が彼を止めたのだ。ぎりぎりで。

さらに、考えずにいられなかった。

男の子と少女はどこからともなく現われ、セスが丘を登りはじめる寸前に彼を止めた。黒いバンに出くわす直前に。

バン自体も、どこからともなく現われた。

セスが呼びだしたのか？　セスがここへこさせたのか？

ちょうどいいタイミングで？

でも、トマシュとレジーンなんて。ばかげた名前だ。しかも、外国の名前。いくら地獄だとしても。

それにあのバン。〈ドライバー〉。

いったいどういうことなんだ？

「きみたちは現実か？」セスはほとんど独り言みたいにつぶやいた。

男の子はわかるというようにうなずいた。

「そうきくのも、わかるわ」レジーンが答えた。「だけど、あなたが現実なのと同じくらいあたしたちも現実だとしか、答えられない」

セスは息を吸いこんだ。「今この瞬間も、現実だと思えてないとしたら？」

レジーンは、よくわかるというような顔をした。「本当にもういかないと。くるの?」

セスはどうすればいいかわからなかった。どうすりゃいいんだ? でも、これだけは言える。二人がだれだろうと、たとえ現実ではないとしても、あの〈ドライバー〉よりははるかに安全だと。

セスは言った。「いくよ」

第三十二章

　レジーンの自転車が、乾きかけた灰の塊《かたまり》を跳ね飛ばしながら走っていく。セスは少しあいだをあけて、あとを追った。トマシュはサドルにすわり、立ってペダルを漕いでいるセスの上半身に必要以上に力を入れてしがみついていた。

「こんなのやだよ。背が高すぎるから、前が見えないよ」トマシュは文句を言った。

「いいからつかまってろ」

　灰で覆われた通りを、レジーンとトマシュがこっちへきたときについた跡にそって、曲がり角ごとにバンがいないか確かめながら、走っていく。

「あれはだれなんだ？　っていうか、なんなんだ？」セスはきいた。

「説明はあと」と、レジーン。

「レジーンは前に見たんだ」セスのうしろから、トマシュが言った。「あいつがなにをしたか」

「説明はあとって言ったでしょ」レジーンはもう一度言うと、さらに力を入れてペダルを漕いだ。

　角を曲がり、また別の角を曲がると、駅のほうへ向かった。灰についた自転車の車輪の跡が、駅からこっちへ向かうセスの足跡と平行に並んでいる。「あとをつけてきたんだな」セスは言った。

「追いつこうとしたんだ」トマシュが言った。

「どうしておれの居場所がわかったんだ？」

「あとで！」レジーンはピシャリと言うと、最後の角を曲がった。「いい、まずは逃げておかないと――しまった！」

黒いバンが待ちかまえていた。


急にハンドルを切ったせいで、レジーンは自転車から転げ落ちた。セスが必死でバランスをとっているうしろからトマシュが飛びおりて、レジーンに駆け寄る。バンは道路の先で、こっちを向いて停まっている。明らかに、セスたちが三本の通りのどれかから出てくるのを予想していたのだ。セスたちが出てきたのは、いちばん可能性が薄いと思っていた通りだったようだが、すでにエンジンをかけ、こっちに向きを変えはじめていた。

こうして全体が見えるようになると、〝バン〟と呼ぶのはふさわしくないのがわかった。車体は流線形で、どこかこの世のものでない感じがあり、角はまるく、窓は濃い色つきで、車体とほとんど同化して見える。ほかに、手がかりになるようなものはひとつもない。灰やほこりさえ寄せつけないのか、灰色の風景の中で、その硬く冷たい黒色だけが浮きあがっていた。

〈ドライバー〉がかぶっていたヘルメットと同じだ。

そして、セスの家の棺おけと。

「橋よ！」レジーンが言い、自転車を起こした。トマシュがうしろに飛び乗るあいだ、動きを止めずにさけぶ。「バンが向きを変える前に！」

そして、ペダルを漕ぎはじめた。最初はふらふらしていたが、すぐにスピードが出る。バンの前をぐるりと避けるようにして、小回りのきかない車体の横を矢のように通り抜けた。だが、いつまでも勝てる競争ではない。セスは急ハンドルを切ったバンを避けて灰だらけの歩道の上に乗りあげ、レジーンのあとを追って走りはじめた。

レジーンの言った橋が見えてきた。駅から線路が延び、レンガの橋の上へ続いている。橋は崩れ、下の道路に半分ほど落ちていたが、右側に自転車が通れるだけの幅が残っていた。

でも、バンは通れない。

セスはレジーンを追い越した。トマシュの体重に足を引っぱられているようだ。エンジン音がぐんと大きくなり、振り向くと、バンがUターンし終わったところだった。

そして、全速力で追いかけてきた。

「もうだめだ!」トマシュがさけぶ。

「つかまって!」レジーンはどなり、死に物ぐるいでペダルを踏む。

セスはもう一度振り返った。バンはぐんぐん迫ってくる。

トマシュの言うとおりだ。追いつかれる。

考えもせず、セスは右へ急ハンドルを切ると、波のように灰を跳ねあげ、きた道をもどりはじめた。

「なにする気?」レジーンが悲鳴をあげる。

「いけ!」セスはどなり返した。「いいからいけ!」

そして、二人の横を矢のように反対方向へ向かって走り抜けると、まっすぐバンへ向かっていった。

「だめぇ!」トマシュのさけび声が聞こえたが、そのままスピードをあげる。

「ほら」バンに向かって走りながら、セスは言う。「こいよ!」

バンは止まりも、避けもしない。

セスもだ。

「ほらこい！」セスは大声をあげた。

あと一メートル半――

一メートル――

バンのエンジンの回転速度があがり――

衝突する直前、バンは左へ避け、割れた縁石にぶつかって、焼け残った家の土台に突っこんだ。

セスはもう一度、急回転した。「いけ！　いけ！　いくんだ!」レジーンとトマシュに向かってさけぶ。二人はスピードを落としてセスを見ていたが、レジーンはまたすぐにペダルを踏みはじめ、橋の下の狭い入り口に姿を消した。セスもあとに続く。エンジンがふたたびかかる音が聞こえたが、振り向きもせずに橋の下にある暗いトンネルを抜けて、反対側に出た。

「追いかけてくるか？」セスは大声できいた。

「わからない！　あなたの家にいって、隠れるのがいいわ！」レジーンがどなり返す。

「おれの家？」

「次の交差点に北へ向かう通りがあるから」レジーンは、トマシュにしがみつかれたまままさけんだ。「あなたが住んでる場所は知られていないはず――」

「なんできみは知ってるんだよ？」

「自転車は隠せばいいわ」レジーンは無視して続けた。「たいていはこっち側にはこないから――」

「たいてい？」

レジーンはイライラしたようにうめくと、角を曲がった。「あたしたちにもわからないことは、たくさんあるのよ」

「だけど、わかってることもあるよ」トマシュが言う。

「例えば？」

「きみのあとをつけて正解だったってこととか」トマシュはうれしそうに言った。「おかげで助けてもらえた」

「なにから？」ようやくスピードを落としながら、セスはきいた。「あいつはなんなんだ？」

トマシュはセスを見て、言った。「死だよ。死神だ」

第三十三章

「もちろん本物じゃないけどね」レジーンは、セスの家から通りを二本へだてたところにある雑草だらけの庭に自転車を隠しながら言った。「あたしたちは〈ドライバー〉って呼んでる」

「本物の死神かもしれないよ」トマシュが言う。

レジーンはあきれたように目を回した。「ずいぶんちがうけどね。ほら、がい骨がマントをはおって、ええと、あれなんだっけ……」レジーンは手で半円を描いてみせた。

「鎌？」

「そう、鎌を持ってるやつとは」レジーンはうなずいた。「でも、人を殺すってところは同じね」

「どうして知ってるんだ？」

「今は説明してる時間はないの」レジーンは先頭に立って、セスの家のほうへ向かって歩きはじめた。「先に中に入らないと」

「だけど、きみたちはだれなんだよ？」セスはあとを追いかけながら言った。「どこからきたんだ？　ほかにもいるのか？」

レジーンとトマシュはちらりと視線を交わした。それだけで、答えには十分だった。セスは自分の落胆ぶりに驚きながら、言った。「いないんだな。そうだろ？」

レジーンはうなずいた。「あたしとトミーだけ。あと、正体はわからないけど、あのバンを運転してるやつ」

「おれたち三人。それだけなのか？」

「三人でも二人よりましだよ。ひとりよりは、ずっといい」トマシュが言った。

「どこかにもっといるはずだと思ってる。じゃないと、筋が通らないもの」レジーンが言った。

「だろうな。ここにあるものは、なにもかも、筋が通ってるもんな」

トマシュが顔をしかめた。「通ってないんじゃないの？」

「皮肉は言わないようにして。トマシュにはわからないから」レジーンはセスに言った。

「わかるよ！」トマシュは反論した。「ぼくの国の言葉にも、皮肉はたくさんある。クラクフの竜の話をしてあげるよ、むかしむかし——」

「中に入らないと。〈ドライバー〉があたしたちのことをそこまで警戒してるとは思えないけど。あそこにさえあまり近づかないようにすれば——」

「あそこって？」

二人は驚いたようにセスを見た。レジーンはセスのほうに頭を傾けた。「ここがどこだかわかってる？」

セスはひと言で答えた。「地獄」

「ほら。ぼくが言ったとおりだ」トマシュが言った。

「まあね」レジーンは速度を緩めずに言った。「そう呼んでもいいかもね」

三人はなるべくほこりのない道を選んで、足跡が残らないように注意深く歩いていった。だが、だれかが本気で三人を探そうと思えば、簡単に見つけることができるだろう。探そうと思えばだが。

「あれが……なにかは知らないけど、とにかくこっちへはきたことはないはずだ。まちがいない。このへんの道路は何年もなにも走ってない」セスは言った。

レジーンはフンと鼻を鳴らした。「それでも、家の中に入ったほうが安心よ」

「食べ物はある？」トマシュがきいた。レジーンがキッとにらみつけた。「なに？　だって、お腹すいてるんだ」

「缶詰だけだよ。スープとか、古い豆とか、カスタードとか」

「あたしたちとまったく同じ」レジーンが言う。

三人は角を曲がって、セスのうちのある通りに入った。「あのうちだよね？」トマシュが指をさした。

セスはまた、足を止めた。「どうして知ってるんだ？　スパイしてたのか？」

トマシュの笑みが消え、レジーンすらきまり悪そうな顔をした。

「どうなんだよ？」セスは言った。

レジーンがため息をついた。「何日か前、あなたが駅の陸橋の屋根に立ってるのを、トミーが見つけたの」

「ぼくが言っても信じなかったんだよ。まぼろしだって」トマシュはまたにっこりした。「でも、まぼろしじゃなかった」

「ここから数キロ離れたところにある家で暮らしてるの」レジーンは北のほうを指した。「でも、食料を探しにこっちのほうまできて、そしたら、トミーがだれかを見たような気がするって」

「雨の中をずっと探したんだよ。びしょ濡れになっちゃったんだから」トマシュはうなずきながら言った。

「そしたら、ほら、その」レジーンは赤くなったみたいに見えた。「あなたがからだを洗ってたのよ。雨の中で。あなたの家の前で」

トマシュはますますにっこりした。「おチンチンを引っぱってた！」

「トミー！」レジーンはしかりつけた。それから、眉をひそめてセスを見た。「まあ、そういうわけ。だから、声をかけられなかったのよ。忙しそうだったから。それに、お腹もすいてたし、びしょ濡れだったし。だから家に帰って、出直したほうがいいだろうってことになったの。今度は……」

「プライベートな時間じゃないときに」トマシュはわざと聞こえるようにささやいた。

「雨じゃないときによ」レジーンは言い直した。

セスはのどがカアッと熱くなるのを感じた。「ここには、だれもいないと思ってたんだ。ここにはおれしかいないって」

「ぼくもそう思ってた」トマシュが真剣な表情になって言った。「レジーンが見つけてくれるまで」そして、今度は恥ずかしそうにほほえんだ。「で、今度、セスで三人になった」

「だから、今朝、ここにきたのよ。そしたら、ものすごい勢いで走っていっちゃったでしょ。どっかへ向かって。目的地があるみたいだった。なにかすることが」レジーンは腕を組んだ。

しんとなったが、セスはなにも言わなかった。

「〈ドライバー〉に捕まったら困るでしょ。だから、あとを追ったんだ。やっと、みんないっしょになった」トマシュは肩をすくめた。「まだ外だけど」

セスはなにも言わなかったが、それから二人を連れて、家へ向かって歩きはじめた。シャワーのことで決まり悪かったこともあるが、それだけじゃない。なにかおかしい。この二人は、たまたまセスが丘に向かって走りはじめたときにきて、たまたま黒いバンと鉢合わせする直前にセスを止め、たまたま〈ドライバー〉から隠れるのにちょうどいい場所を見つけたってことなのか？

家の門を入るときに、こっそりうしろを盗み見た。

ちびで楽しげなポーランド人の子どもと、でかくて疑い深い黒人の少女。

セスが二人をつくりだしたのか？　でも、二人とも、自分が考えつくとは思えない。あまりにもへんだ。

玄関のドアを大きく開け放つと、二人もついてきた。レジーンは食卓の椅子にすわり、トマシュはドサッとソファーにすわりこんだ。「これ、ひどい絵だね」トマシュは、暖炉の上の、パニックを起こした馬を見あげた。

「なにか食べるものを作るよ。たいしたものはないけど。でも、そのあいだ、知ってることを話してくれ」

「わかったわ。でもまず、そっちから話してもらわなきゃ」レジーンは言った。

「なにを？」キッチンへ向かいながら、セスはきいた。

すると、レジーンの声がした。「どうやって死んだの？」

第三十四章

「なんだって？」

「ちゃんと聞こえたはずよ」レジーンは問題を出すかのように、しっかりセスを見据えて言った。「パスしなきゃならないテストみたいに。

「どうやって死んだか？」セスはくり返して、レジーンとトマシュを代わる代わるに見比べた。

「じゃあ、つまり……つまり、この場所は本当に――」

「別になにも言っちゃいないわ。ただ、どうやって死んだかってきいてるだけよ。そしてあなたの反応から、質問の意味を完全に理解してることはわかる」

「ぼくは雷に打たれたんだ！」トマシュが助け船を出すように言った。

レジーンはバカにしたように鼻を鳴らした。「うそよ」

「レジーンは知らないじゃないか。そこにいなかったんだから」

「本当に雷に打たれる人なんてそうそういないわよ。たとえポーランドでもね」

トマシュの目が憤慨したように見開かれた。「ぼくはポーランドにいたんじゃない！　何回言えばわかるんだよ？　ママはもっといい仕事をするためにここにきて――」

「溺れたんだ」セスは小さな声で言ったので、二人には聞こえなかったかもしれないと思った。

だが、二人ともすぐに口げんかを止めた。

「溺れた？」レジーンは繰り返した。「どこで？」

セスは眉をひそめた。「ハーフマーケットだよ。海ぞいの小さな町だ――」

「ちがう、場所よ。浴槽？　プール？　それとも――」

「海だ」

レジーンは、それならわかるというようにうなずいた。「頭を打ったのね？」

「頭を打った――」セスは言いかけて、ハッと黙った。そして、後頭部の岩にぶつけた場所に手をやった。「それが、なんの関係があるんだ？」

「あたしは……」レジーンは話しかけたが、それからセスが今朝、出かける前に掃除した床を見つめた。「階段から落ちたの。そのときに、頭をぶつけたのよ」

「それで、ここで目が覚めた？」

レジーンはうなずいた。

「ぼくはそれが雷だったんだ！」トマシュはうれしそうに言った。「全身をいっぺんにパンチされたみたいだったよ！」

「あなたは、雷には打たれてない」レジーンは言った。

「じゃあ、レジーンだって階段から落ちてない！」トマシュは怒りで声をたわませてさけんだ。

オーウェンとのけんかで、しょっちゅう耳にしていた声だ。

「じゃあ、二人とも……？」セスは最後まで言えなかった。

「死んだの」レジーンは言った。「特定のけがをすることによって」

セスはもう一度後頭部に触れてみた。岩に打ちつけたところだ。あれがとどめになったのは覚えている。骨が折れたときの感触もまだ残っているくらいだ。致命傷だったはずだ。

だが、ここで目覚めた。

今はもちろん、どこの骨も折れていない。あれは別の場所で、別のセスということになる。頭に触れても、暴力的なほど短い髪の感触しかない。レジーンとトマシュはもっと長くここにいるのだろう。髪が伸びている。ほかには、なにもおかしなところはない。ふつうに、首のところでいったん内側にカーブして、上にいくに従って頭がい骨が外側にカーブしているだけだ。

レジーンはトマシュを見た。「教えてあげて」

トマシュはソファーから飛びおりた。「かがんでくれる?」セスは片膝をついて、トマシュが手を取るままにさせた。トマシュはセスの指をぐっと広げ、親指と人差し指のあいだを離した。集中すると小さな舌をのぞかせるところが、またもやオーウェンを思い出させ、セスは胸が締めつけられるような気がした。

「ほら」トマシュは言って、セスの手を左耳のすぐうしろの骨の上に置いた。「わかる?」

「なにが?」セスはきいた。ちょうど岩にぶつけた場所だったが、別に変わったものはない。単に骨が――

いや、なにかある。ほとんどわからないほどわずかに骨が盛りあがっている。あまりに小さいので、さっき同じ場所に触れたときは気づかなかったのだ。

骨のでっぱり。

同じ骨の、細いくぼみにつながってる。

「なんなんだ?」セスはささやくように言った。「いったい……?」

前はなかった。まちがいない。でも今は、ほんのわずかだが、まちがいなくなにかある。頭がい骨から自然につながっているように思えるでっぱりとくぼみが。

だが、自然に思えるだけだ。

「ぶつけたのはそこ？」レジーンがきいた。

「ああ。きみは？」

レジーンはうなずいた。

「ぼくが雷にパンチされたのも、そこなんだよ！」トマシュが言う。

「か、別の事故でね」レジーンがぼそりと言う。

「なんなんだ？」セスは右側の同じ場所にもあるかどうか、探しながら言った。ない。

「接続部みたいなものじゃないかなと思うんだ」トマシュが言った。

「接続ってなにと？」

二人とも答えなかった。

「なにとだよ！」セスはもう一度きいた。

「どんな夢を見た？」レジーンがたずねた。

セスは顔をしかめた。それから、思わず視線をそらした。夢の生々しさのせいで肌がカアッと火照《ほて》る。

「あの夢はさ、楽じゃないよね」トマシュはわかってるというようにセスの背中をたたいた。

「ただもう一度、夢で見てるって感じじゃない。そうじゃなくて本当にそこにいるみたいに思える。時間を遡《さかのぼ》って、もう一度生き直してるみたいに」レジーンが言う。

セスは、自分の目に涙がわきあがってきたのに気づいて驚いた。のどが詰まる。「あれはなんなんだ？　どうしてああなるんだ？」

レジーンはちらりとトマシュを見てから、またセスを見た。「よくわからない」レジーンは注意深く言った。

「でも、なにか考えはあるんだな？」

レジーンはうなずいた。「夢に見ることなんだけど。大切なこと？」

「ああ。そうじゃなきゃいいって思うほどにね」

「いい夢もある。でも、苦しい良さなんだ」トマシュが言う。

セスはうなずいた。

「でも、それだけじゃ――」レジーンは、手をひょいとひねってセスが見た夢すべてをとらえるようなしぐさをした。「それだけじゃ、人生のすべてにはならない」

「どういうこと？」

「もっとあるのよ。もっともっと、それ以外のものがもっと」レジーンはぐっと歯を食いしばった。

「だけど、忘れてるのよ」


自分でもよくわからなかったが、それを聞いたとたん、セスはカッとなった。「忘れてるなんて言うな」口調の激しさに、レジーンとトマシュ、それにセス自身も驚く。「むしろ、覚えすぎてるってほうが問題なんだ。少しでも忘れることができたら……」

「そしたら？　溺れなかったとか？」レジーンは皮肉っぽく言って、挑《いど》むようにセスを見た。「その階段ってのは、落ちたのか？」セスは自分が言っているのが聞こえた。「それとも、押されたとか？」

「うわ」トマシュは一歩あとずさった。「どうして急にこうなっちゃったの？　ぼくの気づかないうちに。どうしてけんかしてるの？」

「けんかなんてしてないわ。お互いのことを、知ろうとしてんのよ」

「お互いのことを知ろうとするときは、情報を教え合うもんだろ。謎めいたことを言ったり、ほのめかしたりして、自分たちのほうがよく知ってるってことを見せつけてるだけじゃないか」セスは立ち上がった。それとともに、声も大きくなる。「どうしておれの頭に、できたてのほやほやのでっぱりがあるんだよ？」

トマシュが答えようとした。「できたてのほやほやじゃないよ――」

だが、セスはかまわず続けた。「どうして生まれ育ったうちで、棺おけから這い出るはめになったんだ？」

レジーンは驚いた顔をした。「ここで育ったの？　この家で？」

でも、セスはろくに聞いていなかった。「だいたい、ほかのやつらはどこだよ？　おまえたちはだれなんだ？　おまえたちが、あのバンのやつとグルじゃないって、どうしてわかる？」

最後のセリフは、セスが思っていた以上の怒りを招いた。

「グルじゃない！」トマシュがどなった。

「なにも知らないくせに！」レジーンが言う。

「なら、教えろよ！」

「いいわよ！　あたしがここで会ったのは、トマシュが最初じゃないの。二人目なのよ」

セスは妙な勝利感を抱いた。「じゃ、ほかにもいるんだな？」

「ひとりだけよ。トマシュに会うまではね」

「見つけてくれて、マリアさまに感謝だよ」トマシュは力強くうなずいた。「危なかったんだ」

「だけど、トマシュに会う前、もうひとりいたのよ。女の人。一日だけ、いっしょだったの。そう、その日一日だけ。それから、彼女が死ぬのを見た。あたしのことを助けてくれたの。〈ドライバー〉にわざと捕まって、あたしを逃がしてくれた。あたし、見たのよ、〈ドライバー〉が彼女を殺すところ。あのこん棒みたいのは、なにか電気みたいなものが通ってるの。それで殺すのよ。そして、死体を持っていく」

トマシュは顔をしかめてセスを見た。「レジーンは、この話をするのはいやなんだよ」

「ああ、ムカつく」レジーンは言った。「こっちだって、わからないじゃない。もしかしたらあんたは——」

しかし、そこでやめた。

音に気づいたからだ。

遠くから聞こえるブォォーという音。風の音に似てるが、風じゃない。

エンジンの音だ。

みるみる大きくなって、近づいてきた。

第三十五章

三人は窓のほうを見たが、ブラインドがおりたままで、外の通りは見えなかった。

「うそよ」レジーンが言いながら立ち上がった。「こんなところまで、追いかけてくるはずがないわ。今までは、逃げれば、追ってこなかったのに」

エンジン音はどんどん大きくなってくる。二本か三本先の通りだ。近づいてくる。

トマシュはセスに向かって顔をしかめた。「大きい声を出すからだよ！　聞かれたんだ！」

「ちがうわ。通りを一本一本探してるのよ、あたしたちを見つけようとして。いい、静かにしてるのよ」

三人は黙った。だが、音が変わって、角をこっちに曲がったのがわかった――

そして、セスの家のほうへ向かってきた。

だが、セスは考えていた。

エンジン音が聞こえたのは、ちょうどその話をしたあとだ。レジーンたちは〈ドライバー〉とグルじゃないかって、言った直後。

そして、バンがやってきた。

〝おれが呼んだんだ。おれが呼びだしたのか？〟

「ぼくたちの足跡はそこらじゅうについてる。ここだって、ばれちゃうよ」トマシュが言った。

「車だから、気づかないで通り過ぎるかも――」

しかし、レジーンは最後まで言えなかった。

エンジン音が、家の目の前で止まったからだ。


セスは、自分の手の中にトマシュの手がすべりこんでくるのを感じた。オーウェンが道路を渡るときいつもしていたみたいに、ぎゅっと握りしめてくる。小さな丸っこい手から緊張が伝わってくる。深爪になるまで嚙んだ爪が目に入り、こっちを見あげる恐怖で大きく見開かれた目を見る。

オーウェンにそっくりだ。

「通り過ぎるわ。このまま走ってくわよ。みんな、動いちゃだめよ。いいわね？」

三人はじっとしていた。エンジン音もしない。

「なにしてるんだろう？」トマシュがせっぱ詰まった声でささやいた。

今度は、トマシュのくしゃくしゃになった髪に目が留まった。からまってごわごわになった髪が顔にかかっている。やっぱりオーウェンに似ている。セスはレジーンを見た。いろいろな考えが頭の中を駆けめぐる。

この世界のすべてが、小さく感じられていた。まるでひどく狭い場所に隠れているみたいに。四方から壁が押し寄せてくるような気がした。振り払うことのできない記憶という形で。燃え尽きた荒れ地が、境界だった。けれど、まさにその先へいこうとしたとき、この二人が現われて彼を引きとめ、永遠におさらばしようと思っていたまさにそのタイミングで、この家に連れもどしたのだ。だったら、あのバンを連れてきたのだって、この二人かもしれないじゃないか。

「へんだ」セスは言った。

「なにが？」トマシュがたずねる。

セスはトマシュの手をぎゅっと握ってから、離した。「おれが突き止める」

「なにするつもり？」レジーンが言う。

セスはブラインドのほうへ向かっていった。「なにが起こってるのか、この目で確かめるんだ」

トマシュはレジーンの横へいって、レジーンの手を握った。

セスは足を止めて、好奇心に駆られたように二人を見た。「きみたちはほんとはいないんだろ？」思わず言葉が口から飛び出る。

レジーンは眉をひそめた。「どういう意味？」

「きみたちは本当にいるわけじゃないんだ。これはぜんぶ、本当じゃないんだ」

エンジンはまだ外で音を立てている。

「あたしたちが本当じゃないなら、あんたも同じってことね」レジーンはセスを見返した。

「それが答え？　それで証明できると思ってるのか？」セスが言う。

「あんたがどう思おうと関係ないわ。あんたのせいであいつに見つかったら、あたしたちは終わりよ」

でも、セスは首を横に振った。「わかってきた気がするんだ。この場所がどういうところだか、やっとわかってきたんだ」そして、窓のほうを振り返った。「どういうふうに動いているのかも」

「なにする気？　ミスター・セス？　確かめるだけって言ったよね？」トマシュが言う。

「セス、お願い」レジーンが言い、トマシュに言うのが聞こえた。「いい、逃げて。裏口があるはずだから——」

「逃げる必要はない。おれに危害を与えられるものなんて、ここにはないんだ。だろ?」

そして、ほとんど無頓着といっていい手つきでサッとブラインドをあげた。薄暗い部屋に太陽の光が差しこみ、セスは目を細めた——

次の瞬間、〈ドライバー〉のこぶしが窓を突き破り、セスの胸に命中した。セスはありえない力で、部屋の反対側に吹っ飛ばされた。

第三十六章

セスはレジーンとトマシュの足元にぶざまに転がった。二人はキッチンに逃げていった。胸に穴を開けられたみたいに、肺の空気がすべて出ていく。〈ドライバー〉は残っていたガラスも打ちくだき、荒々しい手際のよさでブラインドをほうり投げると、窓の下枠を乗り越えて、リビングに入ってきた。足が床を踏むドシンという音は、不自然なほど重かった。

〈ドライバー〉は両手をわずかに横へ出し、足を広げたかっこうでそこに立った。なめらかなのっぺらぼうの顔が下に向けられているので、床に丸まって息を吸おうとあえいでいるセスを見ているように見える。レジーンとトマシュが裏庭に出るドアを開けようとしている音が聞こえるが、出たところで高いフェンスと生い茂った雑草しかない。この顔のない、人間の形をしたおそろしいものから逃れる場所はないのだ。

もう逃げられない。三人とも終わりだ。

〈ドライバー〉はセスのほうへ進み出た。床板を踏むごとに、ものすごい音が響く。歩きながらこっちへ突きだした手に、鋼《はがね》のような黒いこん棒が握られていた。どこからともなくいきなり現われたように見えるこん棒を、〈ドライバー〉は使い心地を確かめるように一度振った。空気がパチパチと鳴り、うなるような低音が響いて、棒の先から小さな光の点が流れでた。

じりじりとうしろに下がるセスの頭の中で、あらゆる考えが跳ねまわった。〝このタイミングでまちがえるなんて〟〝これで一巻の終わりだ〟〝引っぱれば、裏口の錠は開くのに〟〝痛いだろうか？　ああクソ、痛いのか？〟逃げようとするセスに〈ドライバー〉は容赦なく迫り、こん棒を振りあげた——

トマシュがキッチンでなにか言ってるのがぼんやり聞こえる。「だめだよ、ぜったいだめ」レジーンが呼んでいる。「トミー！」でも見えるのは、自分を見ている、のっぺりした無慈悲な顔だけだ。襲ってくる——

「やめろ」セスは言いかけた——

〈ドライバー〉は飛びあがり、こん棒をかかげて、自信たっぷりに最後の一打を振りおろそうとした——

が、倒れてきた本棚に突き飛ばされた。

セスが驚いて声をあげたのと同時に、トマシュが本棚を倒した場所から飛びだし、レジーンがセスの両わきに手を差し入れて、立ち上がらせた。キッチンへ引きずられながら、セスは〈ドライバー〉が信じられない力で本棚をほうり投げるのを見た。トマシュがキッチンのドアをバタンと閉め、レジーンが冷蔵庫を倒して、ドアを押さえた。

「鍵、持ってる？」トマシュは外のデッキへ出るドアを指さした。「持ってるって言って！」

「ドアは開いてる」セスはあえぎながら言った。まだ胸がずきずきしている。「引っぱるんだ。つまみを動かして」

ドシンとものすごい音がして、〈ドライバー〉がドアに体当たりした。一度だけで冷蔵庫が吹っ飛びそうになる。同時に、レジーンが裏口のドアを開けた。トマシュの手をつかんで外へ引っぱりだし、セスに向かってさけぶ。「いくわよ！」

セスがよろよろと立ち上がったのと同時に、また体当たりする音がして、ドアの上側のちょうつがいが外れた。まだ持ちこたえているが、時間の問題だ。セスはあえいで、胸の痛みでからだを折り曲げるようにしながら、裏口から二人を追って外に飛びだした。

デッキに出たときはもう、レジーンとトマシュは高い草むらの中に姿を消していた。草の上からレジーンの頭が突き出ていたが、トマシュのほうは、魚が水面を泳いでいくときのように草に筋がつくのが見えるだけだ。

セスはよろめきながら、あいかわらず投げ捨てたままになっている銀色の包帯の横を通り、草むらの中に飛びこんだ。と同時に、家の中から決定的なガシャンという音が聞こえた。

「出口を教えて」レジーンがうしろへ向かってさけぶ。

セスは答えなかった。

「うそでしょ」レジーンが言うのが聞こえる。

三人は古い防空壕の前で立ち止まった。ドアはとっくになくなっていて、中には植木鉢のかけらや千八百万本くらいありそうなハンガーが積みあがっている。裏のフェンスは高くて、木でできているため、足がかりになるところがない。その向こう側の土手も、のぼってもまた別の塀があるだけで、ありえないほど高いうえ、てっぺんに鉄条網がついている。

「いったいここはどこなの？」レジーンがきいた。

「刑務所の敷地だ」セスはあえぎながら答えた。「この向こうにまた別の塀があって、さらにその先にも――」セスは黙った。レジーンとトマシュが驚いたように顔を見合わせたからだ。「どうしたんだよ？」

「刑務所？」トマシュが言った。

「ああ。だからなんだ？」

「ああ、最低」レジーンは言った。「最低、最低、最低」

「ここ！」トマシュがさけんで、フェンスの下の隅の緩んだ板を引っぱった。レジーンとセスも駆け寄る。しゃがむと痛みが走ったが、セスは二人といっしょに板を二枚外し、さらにもう一枚外した。トマシュが這ってくぐりぬける。それから四枚目の板を引きはがし、レジーンがセスを穴に押しこんだ。

セスがレジーンに手を貸すために振り向く。

だが、レジーンはうしろのデッキを見ていた。

そこには、〈ドライバー〉が立っていた。


フェンスの穴から、レジーンが〈ドライバー〉を見ているのが見える。それから、レジーンは二人のほうを振り返った。

目が計算している。

動こうとしない。

「なにしてるの？」トマシュが焦って言う。

「逃げて。二人とも」レジーンはセスを見る。「トミーをお願い」

「やだよ！」トマシュはさけんで、穴へもどろうとしたが、セスは本能的にトマシュを押さえた。

「レジーン、無理だ！」セスは言う。

「あたしがあいつの気をそらすから。そのあいだに逃げて」

「レジーン」トマシュは泣いて、セスの腕から逃れようとする。

〈ドライバー〉が高い草を引きちぎりながらやってくる音が聞こえてきた。今や急ぐようすもない。捕まえたも同然だとわかっているみたいだ。

「逃げて！」レジーンはさけんだ。「早く！」

「レジーン――」セスは言いかけた。

それと同時に、トマシュがセスの腕を逃れ、さらに捕まえようとしたセスの手をかわすと、フェンスの穴をくぐった。前に立ちふさがろうとしたレジーンのことも避けて、走っていく。「トミー！」レジーンが悲鳴をあげる。

だが、セスはトマシュがポケットの中に手を入れ、小さなプラスティックのカートリッジを取りだすのを見た。短い指で必死になにかしようとしてる――

シガレットライターの火がつき、空中で躍った。

「トミー？」レジーンが言う。

トマシュはライターをゆらゆら揺れている草の端にそって走らせた。雨のあとでもなお乾きっていた草が、待っていたかのように次々炎をあげて燃えはじめる。トマシュはライターを消すと、レジーンに「いこう！」とさけび、フェンスの穴に飛びこんだ。

レジーンは燃え上がる炎を見た。あっという間に燃え広がって、うねるようにあがる煙ですでに〈ドライバー〉の姿は見えない。レジーンがほんの一瞬、微動だにせず立ち尽くすのを、セスは見た。それから、レジーンもトマシュのあとに続いて穴をくぐり、三人は右へ曲がって土手の下を走りはじめた。フェンスの端までいけば、外へ出られるところがあるかもしれない。

三人は命がけで走った。

第三十七章

「あれ、あたしのライターじゃないの、泥棒」レジーンは走りながら言った。セスは〈ドライバー〉が追ってこないか、何度もうしろを振り返ったが、今や炎は高々とあがり、フェンスの上からも見えていた。

「あのぶんじゃ、燃え広がるぞ。線路の反対側みたいに、こっちもすべて燃えちまう」

「ごめん」トマシュが言った。

「ライターを返して！」レジーンが言う。

裏のフェンスと土手のあいだはせまく、走りにくかった。片足は平らなところ、もう片方の足は急な斜面にかかるかっこうで、できるかぎり速く走っていく。

「追ってこない」セスはもう一度うしろを見てから言った。

「まだ、ね」レジーンが言う。

通りに並んだ家の端までくると、陥没穴からちょっと下ったところにある小さなアパートの駐車場に出た。セスは自分のうちの通りから遠ざかろうとして、左へ曲がった。

「だめよ！」レジーンが息を切らしながらさけんだ。「刑務所と反対の方向にいかないと。じゃないと、〈ドライバー〉をまけない」

セスは足を止めた。「え？　どうして？」

だが、レジーンはすでに反対の、陥没穴と商店街のあるほうへ向かって走りはじめていた。トマシュもすぐあとに続く。

「そっちじゃ、鉢合わせする！」セスはどなったが、二人とも止まらない。「クソ！」セスはさけんで、二人を追いかけはじめた。まだ痛む胸をぎゅっとつかみながら——

まだ痛む、だけど——

陥没穴のふちまでいって、足を止め、しゃがみこんだ。トマシュが伸び放題の植えこみの端から、そっと通りのほうをのぞいた。「いない。バンはまだ停まってるけど、それだけだよ。煙がもくもく出てるだけだ」

「なら、いくわよ」レジーンは言って、通りを走って横切った。トマシュもあとに続く。二人の姿が一瞬、バンから丸見えになる。だが、セスもあとに続いた。ちらっと自分のうちのほうを見たが、なにかが動いている気配はない。三人は道路の反対側の茂みの中に隠れた。「胸が」セスは手を心臓の上にあてた。「胸が——」

「ぼくたちのうちにもどろう。そこで、手当てできる」トマシュが言う。

「歩いてじゃ遠すぎる。あれに追われてるのに」レジーンはセスのほうに向き直った。「どこか隠れられるところ、知ってる？」

セスは商店街のほうへ目をやり、これまで出入りした小さな店をひとつひとつ頭に思い浮かべ、坂の上のスーパーにたどり着いた。

「任せろ」

「暗いね」商店街を駆けあがって、スーパーのガラス扉から中をのぞきながら、トマシュは言った。

「完璧」レジーンはセスに向かってうなずいた。「ここならいいわ」

セスは自分の家のほうを振り返った。まだ煙があがっている。「あれは死んだかな？」

「死神は死なないよ」トマシュが答えた。

「ただのスーツを着た人間よ。死神じゃないわ。『あれ』って呼ぶのも、ちがうかも」レジーンは中に入ると、すぐに闇に呑みこまれて見えなくなった。セスもあとに続こうとしたが、トマシュはぎゅっと唇をかんで、動こうとしない。

「暗いよ」トマシュはもう一度言った。

「早く！」レジーンが中から呼んだ。

「おれたちがいっしょだろ。それに、きみにはライターもある」セスはトマシュに言った。

トマシュはポケットからライターを出すと、手の中でひっくり返した。「ぼくのじゃないんだ。レジーンのだよ。持っててって頼まれたんだ。誘惑されないようにと」トマシュはセスをちらりと見あげた。

「レジーンはきみが盗んだって」

トマシュは肩をすくめた。「人って必要なことを頼むとき、いろんな頼み方をするんだよ。口には出さないけど、でも頼んでるってこともあるんだ。ママはいつもそう言ってる」

レジーンが足音を響かせて出てきた。「早くしろって言ってんのよ、トミー。じゃなきゃ、あたしがこの手で痛い目に遭わせるわよ。とっとと中に入ってきて」

「タバコ吸うの？」セスはレジーンにきいた。

レジーンはセスを見た。「話したいことって、それなわけ？　なにかの冗談？」

「いこう、トミー」セスはトミーのほうを振り返った。「中に入らないと」

トマシュは驚いた顔をした。「今、トミーって呼んだね」

「ああ」

「トマシュのほうがいい」

「レジーンはトミーって呼んでるじゃないか」

「ぼくが許したんだ。レジーンには。セスは、トマシュのほうがいい。そっちのほうがわかりやすい」

　トマシュはセスとレジーンのあとについて、暗い店の中に入ってきた。そこいらじゅうに散らばっている食料品に積もったほこりで足をすべらせながら、三人でしんと静まった通路を歩いていく。

「もう大丈夫」そう言って、レジーンはトマシュのほうを向いた。「ライターを返して」

「やだ」トマシュは首を横に振った。「もうタバコはやめたんでしょ。もうタバコは吸わないって言ってたじゃないか」

「それでも、ライターがあたしのものってことは変わらないでしょ。ここにいるセスくんが、肺の破裂で死なないかどうか見る必要があるの」

「ぼくがやる」トマシュはライターをつけて、頭の上にかざし、通路を照らした。

「高すぎる。店の正面から見えちゃうでしょ」

「へえ、えらそうにアドバイスするんだ。このトマシュが草に火をつけて、みんなの命を救ったときはなにも言わなかったのに。ああ、ありがとう、トマシュ、あなたの賢いアイデアのおかげで、みんな逃げられたわ。あ！」

トマシュはライターを落として、やけどした指を口に突っこんだ。

「はいはい。ありがとう、天才さん」レジーンが言った。

「どういたしまして」トマシュは口に指を突っこんだまま言った。レジーンは暗がりの中で床を手探りして、ライターを探しはじめた。

「どうしてそのライターがそんなに大切なんだ？」セスはたずねた。

「火がつくからよ」レジーンはライターを見つけ、火をつけた。「ライターの燃料は基本、アルコールだから。蒸発してないのを見つけるまで何百本試したと思う？　じゃ、シャツを脱いで」

セスは目をぱちくりさせてレジーンを見た。

「胸よ、バカね。歩いたりしゃべったりしてるところを見ると、大丈夫そうだけど、一応診《み》ておいたほうがいいでしょ」

セスはふいに恥ずかしくなってためらった。

レジーンは顔をしかめた。「もうシャワーを浴びてるところを見てるし」

「それだけじゃないよ！」トマシュが言う。

レジーンはライターをもう片方の手に持ち替えた。そして、いたずらっぽい表情を浮かべた。

「別に誘惑しようっていうんじゃないから」

「だとしても、関係ないよ」反射的に言葉が出た。「女の子と付き合う気はないから」

レジーンの顔がさっと暗くなった。「デブの女の子とは付き合わないってことでしょ」

「ちがう、そうじゃない――」

「あんたの考えてることくらい、わかるわよ。ろくに食べ物もない世界で、どうしてこんなに太ってられるんだ？　前はどれだけ太ってたんだよってね」

セスは否定しようとしたが、はっとした。そんなことは思ってもいなかった。だが、今ので大きな疑問が浮かんだのだ。「どのくらい、ここにいるんだ?」

「五ヶ月と十一日だよ」と、トマシュ。

「やせるにはじゅうぶんな長さよ」同時にレジーンも答えた。

一瞬、しんとなった。なんて答えたらいいのか、わからなかったのだ。それから、ようやくこれだけ言った。「そうじゃない。女の子とは付き合わないってことだ。どんな女の子でも」

レジーンはライターをかかげて、じっとセスを見た。今度は意味がわかったのだ。「じゃあ、もしもう一度この星に人類を増やすってことになったら、すべては、あたしとここにいるポーランドのチビにかかってるってこと?」

「なに?」トマシュはとまどったように言った。「どういうこと? わかんないよ」

「セスは男の子と付き合うってこと」

「そうなの?」トマシュは興味をかきたてられたように言った。「むかしから、どういうことなんだろうって思ってたんだ。いっぱいききたいことがあるんだよ——」

「この子が質問攻めにするまえに、胸を見せてくれない?」レジーンは言った。「早く」

ライターの火の明かりでは、あざになりかけたところと、ほかに、赤くなっているところが数箇所あるだけに見えた。

「こんなのへんだよ? 部屋の反対側まで吹っ飛ばされたのに」トマシュが言った。

「だな。背中から肋骨が突き出たかと思ったよ」と、セス。

レジーンは肩をすくめた。「そこまで強く殴らなかったとか?」

セスはじろりとレジーンを見た。

「あたしだってわかんないわよ。まあ、よかったじゃない」声にイライラした調子がもどってきて、レジーンはまた通路を店の奥へ向かって歩きはじめた。「飲み物はある？」

「もう少し愛想よくしてもいいんじゃないか。おれたちみんな、同じ状態なんだからさ」セスは言った。

レジーンはセスのほうに向き直った。ライターの光で汗ばんだ頬がてかっている。

「そう？　あたしとトミーは本当にはいないんじゃなかったっけ？　で、もし存在しないなら、あんたに愛想よくする理由なんてないんじゃない？　さっきみたいにすてきなことをしでかしてくれたおかげで、もう少しで三人とも殺されるところだったのよ。あたしたちが本当には存在しなくて、神さまに感謝しなくちゃ。ねえ？」

「だけど、大丈夫だったよ！　ぼくのおかげで」と、トマシュ。

「もしどういうことか、ちゃんとわかっていればな。こんなクソみたいに謎めいたことばかりじゃなきゃ――」セスは言った。

「ぜんぶ知りたい？」レジーンは挑むように言った。

「レジーン」トマシュがおそるおそる言った。「ミスター・セスはまだ心の準備ができてないかもしれないよ」

「そうね。でも、知りたいって言ったのは本人だから。だから話すのよ」

「なにをだよ？」と、セス。

レジーンはセスをにらみつけた。二人のあいだで火花が散る。「この世界のことよ。あんたがいると思ってる地獄」

「レジーン、やめて」と、トマシュ。

しかし、レジーンは続けた。「ここは地獄じゃないわ。きみたちは存在してないから殺されても気にしないでくれ、って？　何様よ？　あんたの覚えてることぜんぶ、夢に見てることすべて、思い出すことのできるあらゆる人生の出来事はぜんぶ、なんだと思う？」レジーンが炎のほうに顔を近づけたので、目の中で炎が燃えているように見えた。「そっちが地獄だったのよ」

「ちがうよ」トマシュはきっぱりと言った。

「ちがわない、あんたもわかってるはずよ。でも、この場所は——」そう言って、レジーンはスーパーや、だれもいない通りや、まだどこかで彼らを探しているにちがいない〈ドライバー〉もすべてを含もうとするように手を大きく振った。「——ここは現実よ。この場所が。これがね」

そう言って、レジーンはセスの顔をひっぱたいた。「なにすんだよ！」セスはどなった。

「感じた？　これ以上ないってくらい、現実でしょ」

セスは頬を押さえた。じわじわと痛みが広がっていく。「どうしてこんなことするんだよ」

「あんたは死んで、地獄で目を覚ましたわけじゃない。ただ目を覚ましただけなのよ」

レジーンはライターの火を消すと、暗闇のほうへ歩きはじめた。

「なにから目を覚ましたんだよ？」セスは追いかけながら言った。

レジーンはペットボトルの水の前で立ち止まると、目を見開いた。レジーンとトマシュはなにも言わずに片っ端からペットボトルをライターの火にかざし、色の変わっているものや空のものをぽんぽん捨てはじめた。

「近所にスーパーはないのか？」セスは二人の勢いに気圧《けお》されてきいた。

「近くの大きいスーパーは空っぽよ」レジーンが言った。

「小さいお店がいくつかと、〈サムシングエクスプレス〉っていう食料品店しか残ってないんだ」トマシュは言って、水を飲んだ。

「でも、ここまで数キロしかないじゃないか」セスもペットボトルを取って飲みはじめた。そして初めて、自分がどれだけのどが渇いていたか気づいた。「探しにこなかったのか？」

「〈ドライバー〉が見回ってるからね。いつもこっそり行動しなきゃならない。家から家へ、静かに、見られないように。今日までうまくやってたのよ」

「おれのせいだって言うなら謝るけど、うんざりしてたんだ――」

「タバコがほしい」レジーンが言った。

「だめだよ！　死んじゃうよ！　肺が、肌みたいに真っ黒になっちゃうよ！　脳みそが腫《は》れて、目から飛びだしちゃうんだよ！」

「そりゃあ、見ものでしょうね」レジーンは言って、店の正面のほうへもどりはじめた。

ドアの向こうからはまだ、あたりの静寂を切り裂くようなエンジン音が聞こえていた。だが、じゅうぶん離れているし、〈ドライバー〉が彼らを待ち伏せて入り口のまわりをうろついている気配もない。

「刑務所に近寄らないでいれば、あっちもそんなに気にしないみたいなのよ」レジーンはタバコ売り場に向かいながら言った。

「刑務所はなにか特別なのか？　それに、ただ目を覚ましただけってどういうことだよ？」

「ちょっと待って」レジーンはタバコ売り場のカウンターのうしろから言った。ほとんどがネズミに齧《かじ》られていたが、しばらく漁《あさ》って、ほぼ無傷の〈シルクカット〉を見つけた。初めてもらったクリスマスプレゼントを開けるみたいな勢いで、レジーンは包装を破くと、箱をトントンとたたいて、タバコを一本取りだした。

「レジーン」トマシュががっかりして言った。

「あんたにはわからないの。真面目な話、想像もつかないでしょうよ」

本来の目的でライターを使うと、暗闇の中でタバコの端がぱっと燃えあがるのが見えた。レジーンは深く深く煙を吸いこむと、しばらく肺にとどめた。ぎゅっと閉じた目から、涙が一粒頬を伝い落ちるのが見えた。それから、もう一粒。

「ああ」レジーンはささやいた。「ああ、ほんと、最高」

トマシュはしかめつらしい顔でセスを見た。「レジーンったら、今にタバコのせいで死んじゃうよ」

「すでにおれたちは死んでるんじゃなかったっけ?」セスは言った。

「ちがうわ」レジーンが言った。「死んだんじゃない。トミーはそこがまちがってんのよ」レジーンは咳《せ》きこむと、ふたたび煙を吸いこんで、ほっとしてからだの力が抜けたように片手をカウンターについた。「めちゃくちゃな日だったわ」

「レジーン」セスはイライラして言った。

「わかってる。わかってるってば」レジーンはもう一息、吸いこんだ。「セスに話すわよ、トミー。いいわね?」

トマシュは片足を床に引きずるようにして、ほこりの上に線を描いた。「ミスター・セスはショックを受けるよ。きっと知りたくないよ」トマシュは真剣な顔でセスを見あげた。「ぼくは信じてなかった。今も、そんなには信じてない」

セスはごくりとつばを飲みこんだ。「覚悟するよ」

「わかった」レジーンはさらにもう一息吸いこむと、タバコをカウンターに押しつけて火を消し、また一本取りだして火をつけた。そして、セスを見て、箱を差しだした。

セスは半分うわの空で、まだなんとか身につけていたランニングショーツとランニングシャツとシューズを指さした。「ランナーだから。なんだってするけど、タバコだけはやらないんだ」

レジーンはうなずいた。そして、話しはじめた。

「世界は終わったの」

第三十八章

「終わった?」セスはたずねた。「終わったってどういうこと?」

レジーンはため息をついた。口から吐いた煙が渦を巻きながらあがっていく。「あたしたちが、もう終わったと思ったってこと。なぜなら、もう終わらせたかったから」

「あたしたち?」

「全員。あたしたちみんな」

セスはさらに質問しようとしたが、レジーンに止められた。「前はよくネットを使ってた? ここで目覚める前?」

セスは困惑した顔をした。「もちろん使ってたよ。どうしてそんなことときくんだ? 電話とかパソコンがなきゃ、生活できなかったろ」

「そう。そしてそれは、どこでも同じ状態だった。どうやらね」レジーンはうなずいた。「ポーランドでも」

「ぼくはポーランドにいたんじゃないってば」トマシュがカッとして言った。「何度言えばわかるんだよ? ママの仕事でこっちにきたんだ。それに、ポーランドでだってネットは使えたよ。ご心配ありがとう。とても進んでる国なんだ。もう聞き飽きたよ、レジーンが――」

レジーンは遮《さえぎ》った。「とにかく、思うに、どこかの時点で――ここにあるものについてる日付から考えると、八年から十年くらい前ね。全員がネットに接続したのよ」レジーンはまたふうっと長い煙の筋を吐きだした。「恒常的に」

セスはみけんにしわを寄せた。「どういう意味だよ、恒常的って？」

「それなら、知ってる！」トマシュが言った。「永遠にずっとそうするってことだよ」

「言葉の意味は知ってる――」

「全員が現実世界から出ていったってこと」レジーンが言った。「そして、ネット上にある世界に、完全に移ったのよ。完全に没入できて、ネット上にいるなんて思えない世界に。現実そっくりで、そうじゃないなんてわからない世界」

でも、セスは聞き終わる前から首を振っていた。「うそだ、そんなのばかげてる。映画の中の世界だ。現実とネットのちがいくらいわかる。現実生活は現実生活だ。それをすっかり忘れるなんてありえない」

「ああ！　それについては、レジーンも考えたんだ。レジーンは、ぼくたちが自分たちの手で忘れさせたんだって考えてるんだよ。そうすれば、不安も減るし、現実が懐かしくなることもないから」トマシュは言った。

セスは顔をしかめた。「さっき、きみは信じてないって言ってたじゃないか。ここは地獄だって言ったろ」

トマシュは肩をすくめた。「そうだよ。でも、自分でつくった地獄もやっぱり地獄なんだよ、たぶん」

「おれがそれを信じると思う？」

「あんたがなにを信じようと、どうでもいいわ。本当のことを教えてくれって言うから、言ったまでよ。これが真実。いちばんつじつまが合ってる。あたしたちはあの棺おけのなかに閉じこもって――」

セスは驚いた。「きみたちもあの中で目を覚ましたのか？」

「ええ、そうよ。でも、本当は棺おけじゃない。チューブやら金属のテープやらいっぱいついてたでしょ。あたしたちを生かしておくためよ。でしょ？　あたしたちに栄養を与え、排泄物を取りのぞいて、筋肉が死なないようにしてる。そのあいだずっと、あたしたちの意識は、自分は別のところにいるって信じこんでるわけ」

「棺おけから出たとき、目が見えなかったんだ。それどころか、棺おけがあるってことも、知らなかった。二日後に三階にもどるまで」

「三階？」

「棺おけは屋根裏部屋に置いてあったんだ。おれがむかし使ってた部屋に」

レジーンはなにかを確信したようにうなずいた。「あたしは、うちのリビングで目を覚ましたの。あんたと同じで、なにもわからなかった。倒れたっきり、一日か二日動けなかったのよ」

セスはトマシュを見たが、トマシュは自分の話はせずに黙ったまま、もう一度つま先で床をなぞった。「雨がくる」

二人は空を見あげた。確かに、遠くの地平線から雲がうねるように近づいてくる。またもや熱帯みたいな妙な暴風雨がくるらしい。

「あと、静かになったね」トマシュが言う。

セスは耳を澄ませた。しゃべっているあいだに、エンジン音は聞こえなくなっていた。雨雲を運んでくる風の音がするだけだ。少なくとも、これで火は消えるだろう。〝また、ずいぶんと都合がいいよな〟心の中でつぶやく。

「そんな話、ありえない」セスは言った。レジーンは舌打ちしたが、セスはそのまま続けた。「でも、それを言うなら、ここのものはぜんぶありえない。人がいないとか、ほこりとか。住んでる人がだれもいないまま、世界が年取ってくなんて」

「ぼくたちがいるよ」トマシュが言う。

「ああ。そこが問題だ。だろ？　うちにはほかに棺おけはなかったし、うちの通りの家にもなかった。もし世界が自ら眠りにつくことにしたんなら、みんなはどこにいるんだよ」

二人とも答えなかった。

そして、セスは、自分がすでに答えを知っていることに気づいた。すべてつじつまが合う。

トマシュはわざとらしくセスの視線を避けようとした。レジーンも無視していたが、それからようやく諦めたような顔でセスを見た。

「刑務所なんだな」

「無理よ」

「なにがだよ？　おれがなんて言おうとしてるかも、わからないだろ」

「ううん、わかってる。だから、無理だって言ってんの」

「本当に、絶対に無理なんだ」トマシュも訴えるように言った。「本当だよ」

いきなり否定されて、セスは腹が立った。ここにきて以来ずっと、刑務所はぶきみな存在感を放っていた。遠くで、もしくは丘を越えたところで、見えなくてもどこか向こうにあるとわかっているだけで。刑務所こそ、すべての根源なのだ。もっとよかったかもしれない、そう、幸せだったかもしれない人生とは別の道に、セスを導いたのだ。

その刑務所を、セスは今までずっと避けていた。純粋な本能的直感で。だが、こうしていくなと言われると、ふいにそれこそが、すべきことだという気がしてきた。そうに決まってる。もしこの場所が、自分の死を受け入れられるよう、セスの頭がつくりだしたものなら、あるいは本当に、彼が送りこまれたある種の地獄だとしても、どっちにしろ刑務所が鍵になる。そこで、答えが見つかるはずだ。

それにもし、レジーンが正しくて、ここが現実の世界なら、彼の家族は刑務所にいることになる。

今、この瞬間も。

「案内してくれ」セスは言った。「刑務所に連れていってくれ」

第三十九章

「ほら！」トマシュはくしゃくしゃの髪をつかんで引っぱった。「わかってたんだ！　こうなるってわかってた！」

「危険すぎる。〈ドライバー〉はぜったいにあたしたちを近づけないわ」

「だけど、やつはずっと刑務所にいるわけじゃないだろ。パトロールとかにいくじゃないか」

「あんたがくれば、気づく。そしたら、胸に穴を開けられるだけじゃすまないわよ」

「妙に早く治る穴だよな。そう思わないか？」セスは胸をたたいて、痛みに顔をしかめた。「中に入る方法があるはずだ」

「お願いだから、ぼくをあそこに連れていかないで。お願い。もう二度といやだ」トマシュが言った。

「二度とって？」

「ぼくはあそこで目が覚めたんだ」トマシュは暗い声で言った。「棺おけがいっぱいあったよ。だれが入ってるとか、どんな夢を見てるかとか、生きてるかどうかだって、わからないんだ」トマシュは両手を握りしめて、もみ絞った。よく〝悲しみで手をもみ絞る〟って言うけど、本当にやっているところを、セスは初めて見た。「ママのことも」

「ママのことって？」トマシュがそれ以上言わないので、セスはたずねた。

でも、トマシュはなにも言わずに、しょんぼりとしたようすでレジーンのほうへいった。レジーンはタバコをもみ消すと、トマシュを抱きしめ、トマシュはレジーンの腹に顔を押しつけて泣いた。「あたしが見つけたとき、トミーは〈ドライバー〉に追われてた。間一髪で逃れたの。そのあと、あたしが天使でも悪魔でもないってわからせるのに、一週間かかったわ」

「よくわかるよ」セスは言った。「トマシュのママのことっていうのは?」

「なにもかも、あんたに関係あるわけじゃないわ。あたしたちが知ってることや、考えてることは話すけど、プライベートなこともあるのよ」

「じゃあ、全員、刑務所にいるってこと?」

「まあ、世界中の人間ってことはないわよね、もちろん。でも、少なくともこの町の人たちは大勢いる。ほかにもそういう場所があるはずだけど、どこかなんてわからないし、なにがそこを警備してるか、わかったもんじゃないわ」

「だけど、なんとかして――」

「刑務所へはいかない。あそこへだけはいけない」

「トマシュを見つけたのは、刑務所へいったときなんだろ」

レジーンは一瞬、黙った。「ベッカが殺されたから。あたしが会ったって言った女の人。あのときは、ほかにどうすればいいかわからなかったのよ」

セスは、まじまじとレジーンを見た。「じゃあ、危険だとわかってる場所にいったってこと?」

レジーンは舌にはりついた灰を取ると、一見、簡単そうに思える質問をした。「今朝、どこへいこうとしてたの?」

長い沈黙があった。レジーンは、まだ鼻をグスグスさせているトマシュを床にすわらせ、自分もすわってタバコ売り場のカウンターに寄りかかった。トマシュはレジーンにからだをあずけて、目を閉じた。

「どうしてみんな、刑務所にいるんだ？　おれは自分の家にいたのに？」

レジーンは肩をすくめた。「あたしも自分の家にいたわ。単に場所が足りなくなったとか？　それか、時間が足りなかったか。あるものでなんとかしなきゃならない人もいたってことじゃないの？」

「ものごとを計画するにはずいぶん非効率的なやり方だな」

「計画されたなんて、だれが言った？　急いでて、手を抜くしかなかったのかもよ」

「どういう意味？」

「この世界を見たでしょ」レジーンは片方の眉をあげた。「動物たちはどこにいったの？　このほこりとか泥とか、どこからきたわけ？　どうしてこんなに荒れ果ててるの？　八年やそこらでこうなるとは思えない。線路の反対側が火事になったのは、前？　あと？　このおかしな天気はどういうこと？」レジーンはふたたび肩をすくめた。「世界の状態がひどくなりすぎて、放置したまま出ていくほかなかったのかもしれないわ」

雷が閃き、目をつぶっているトマシュまで、ビクンとした。世界が息を殺す。すると、ゴロゴロゴロと長い雷鳴が聞こえ、次の瞬間、激しい雨がガラスをたたきはじめた。雨粒は三人に襲いかかろうとするように、スーパーのガラスに体当たりした。

トマシュはレジーンの膝に頭をのせて眠っていた。セスは食べ物の缶を取ってくると、レジーンのとなりにすわり、トマシュを起こさないようにして、プラスティックのスプーンで食べた。外では、たたきつけるような雨が降りつづけている。まるで滝の下にいるみたいだった。

「こんな雨、記憶にない。イギリスではね。ハリケーンみたい」レジーンが言った。

「きみの説明は、おかしな点だらけだ」セスは、室温のスパゲティをなんとか飲みこもうとしながら言った。「どうしておれは自分の家にいたのに、親や弟はいないんだ？」

「あたしにもわからないわよ。なにもかも、推理しなきゃならないんだもの。棺おけは、底の接続部から動力を得ているみたいだけど、電源がどこにもないのはなぜか、とか」

「ああ、おれも見た」

「それから、これ」レジーンは後頭部をトントンとたたいた。「皮膚に穴が開いてなくても、接続できるってこと？」

セスは、例の金属のついた包帯のことを思い出した。「でも、ここにそんな技術があるなら、どうしてネットのほうの世界にはなかったんだろう？　どうしてネット世界には、そうしたものを持ちこまなかったんだ？」

「ものごとを簡単でシンプルにしたかったとか」

「きみの人生は、簡単でシンプルだった？」

レジーンはセスをキッとにらみつけた。「どういう意味で言ってるか、わかってるでしょ」

「ああ、確かにきみがこうやってぜんぶ説明してくれれば、ものすごく簡単で、シンプルだ。ずいぶん便利だって、思わないか？」

「また、あたしとトミーは本物じゃないって話？　もう一度、ひっぱたかれたい？　喜んでやるわよ」

「雨が火を消して、おれたちをここに閉じこめた。だから今、こうして話ができる。胸の傷もあっという間に治った。だから、おれは逃げられた。すべてが都合よく運んでるって思わないか？」

「人は、どんなところにも物語を見出すわ。あたしの父親はよく、そう言ってた。なんの関係もない出来事を引っぱってきてつなぎ合わせ、ひとつのパターンをつくりだす。物語があると、安心できるからね。それが明らかにうそでも」レジーンはまたセスのほうを見た。「生きるためには、自分にうそをつかなきゃならない。じゃないと、頭がおかしくなっちゃうから」

レジーンの膝の上で、トマシュがもぞもぞ動き、ポーランド語で寝言を言った。「いや《ニェ》、いや《ニェ》」

レジーンは起こそうとしたが、トマシュはまた眠ってしまった。

「例の夢を見てるんだな？」セスはきいた。

「だと思う」

「きみはどんな夢を見るの？」

「それってプライベートなことでしょ」レジーンはピシャリと言った。

「わかったよ、ごめん。さっきお父さんの話をしてたから……」

そのあと二人はしばらく、むすっと黙りこくったまま、食べた。

「じゃあ、これは？」セスは考えこみながら言った。「全世界がネット上にあるなら、どうしておれたちは死んだら、ここで目を覚ましたんだろう？　ただリセットするとかじゃ、だめなのか？」

「わからない」レジーンはまた言った。「でも、ネットの世界でも、人は死ぬはずでしょ？　ジュヌビエーブおばさんはすい臓ガンで死んだの。あたしのお父さんも……」レジーンは咳払いをした。「ネットの世界が現実ってことになってて、別のところで暮らしてたことを忘れるくらい現実的《リアル》なら、死だって存在しないとおかしいでしょ？　じゃないと、脳が受け入れられないんじゃないかな。ネットの世界で死んだら、現実でも死ぬ。それが人生ってものだから」

「でも、おれたちは、現実では死んでない」セスは、ふたたび怒りがこみあげてくるのを感じた。オーウェンはあんな目に遭った。グドマンドもそうだ。そして、自分も。「だいたい、どうしてネットの世界なんかで暮らしてんだ？　どうしてあいかわらずクソみたいなことが起きる世界に住んでるんだよ？　自分たちが移り住んだことすら、忘れるほど完璧な世界に住んでるはずなら──」

「あたしにきかないでよ。あたしの母親は、その完璧な世界でろくでなしの継父と結婚した。あたしだって、そんなのわかんないわよ」レジーンは無意識のうちに頭のうしろに手をやった。「あたしにわかってるのは、人間っていうのは、バカで暴力的になる機会を与えられれば、バカで暴力的になるってことだけよ。そのたびに。どこにいようと」

「でも、じゃあ、どうしておれたちはここにくるはめになったんだ？」セスはそれにこだわらずにはいられなかった。「どうしてこの世界は、死んで、目覚めた人間でいっぱいになってないんだよ？」

「本当なら、こっちの世界でも死んでるはずだからだと思う。でも、あたしは階段から落ちて、頭の、ある特定の場所をぶつけた。あんたは溺れて、頭のまったく同じ場所をぶつけた。トミーは──」レジーンはまだ眠ってるトマシュを見下ろした。「──ま、トミーは雷に打たれたって言ってるけど、なんにしろ、思い出したくないことなんじゃないかと思う。よくわかるわ。でもとにかく、やっぱり同じ場所だった。接続部の誤作動かなんかで、システムに負担がかかりすぎて、あたしたちを殺す代わりに、接続を切っちゃったんじゃないかな」レジーンはふいに力が抜けたように肩をすくめた。「少なくとも、あたしたちはそう考えてるわけ」

そして、トマシュのくしゃくしゃの髪をそっとなでた。「実際のところ、考えたのはトミーなのよ。ずっとぼくは信じないって言いつづけてるけどね。この小さな頭には、いろんな推測が詰まってるわけ」トマシュはますますレジーンにからだを押しつけたが、あいかわらず眠っていた。

「でも、もしおれたちが経験したことが現実じゃないなら」「頭の中にあることはぜんぶ、単なるネット上のシミュレーションだとしたら――」

「ああ、それだって現実よ。あたしたちは、その人生を生きた。その世界に存在してたのよ。もしなにかを経験して、たとえなによりもそれから逃れたいと思ってもそれに耐えたとしたら、それはまちがいなく現実だわ」

セスはグドマンドのことを考えた。彼のにおいを、彼の感触を。この一年で起こったことすべてを、よかったことも、悪かったことも、あまりにひどかったことも。オーウェンに起こったことを、オーウェンが行方不明になっていたときのどうかなりそうな日々を、そのあとの年月に母親と父親から受けてきた小さな罰のひとつひとつを、思い出す。

どうしても現実としか思えない。でも、あれがすべてネット上のシミュレーションだとしたら、それでも現実だなんて言えるのか?

「暗くなるまで、あたしたちのうちには帰らないほうがいい。代わりばんこに睡眠をとって、どっちかが見張りをすることにしましょ」

そのとたん、セスは自分がひどく疲れていることに気づいた。ほとんど徹夜して、走り、一日中アドレナリンが駆けめぐったあとで、さらに目を開けていられるなんて、ある意味奇跡だ。

「わかった。でも、目が覚めたら――」

「目が覚めたら、刑務所へのいき方を教えるわ」

まだなにかある 上

2015年6月5日　初版第1刷発行

著者　パトリック・ネス

訳者　三辺律子

発行人　廣瀬和二

発行所　辰巳出版株式会社
〒160-0022
東京都新宿区新宿2-15-14 辰巳ビル
電話 03-5360-8956(編集部)
03-5360-8064(販売部)
http://www.TG-NET.co.jp

編集協力　日本ユニ・エージェンシー

印刷・製本　共同印刷株式会社

本書へのご感想をお寄せ下さい。また、内容に関するお問い合わせは、
お手紙かメール(otayori@tatsumi-publishing.co.jp)にて承ります。

恐縮ですが、電話でのお問い合わせはご遠慮下さい。

本書の無断複製(コピー)は、著作権上の例外を除き、著作権侵害となります。

落丁・乱丁本はお取り替えいたします。小社販売部までご連絡ください。


ISBN978-4-7778-1503-6 C0097　Printed in Japan